JN263693

「……本当にここでやんのか?」
もしイエスと答えたなら、たとえ嫌でも彼は自分に合わせて受け入れるのだろう。そんな気がしたものの、それは浦木にとっても望むところではない。
「セックスはベッドがいいって言ったでしょ、俺」
(『シガレット×ビター』P.154より)

シガレット×ハニー

砂原糖子

キャラ文庫

この作品はフィクションです。
実在の人物・団体・事件などにはいっさい関係ありません。

目次

口絵・本文イラスト／水名瀬雅良

シガレット×ハニー

居酒屋のコーナーに位置するテーブル席は換気も悪く、名久井満《なくいみつる》の燻《くゆ》らす紫煙で天井には雲がたなびいていた。

季節は爽《さわ》やかな秋だが、居酒屋内に現れた空はうっすら灰色がかっており曇天だ。その下の名久井も物憂い表情で、また一息煙を吐き出しながら言う。

「春綱《はるつな》、おまえさぁ、それ何度目だよ」

くるんと見事に巻いたイカの足を口に運んでいたテーブル越しの若い男は、心外そうに応えた。

「何度って、まだ二皿目っすけど」

「馬鹿、イカげそ揚げの話じゃねぇよ。三ヶ月もたずに女と別れたって話だ」

「ああ……そっちでしたか」

そっちもなにも、その愚痴を聞くために今夜自分は付き合わされているのではないのか。

目の前にいるのは職場の同僚の男だ。

浦木《うらき》春綱、二十四歳。内装工事会社に勤める名久井の四つ年下の後輩社員である。総勢十数名の少数精鋭……否、町工場みたいな零細企業であるから、何年も顔を突き合わせていると部活の親しい先輩後輩みたいなノリがある。

今では仕事帰りに度々こうして飲みに行く仲だ。行きつけの小さな居酒屋で、浦木が好物のイカげそ揚げを二皿も三皿も頼むのも定番なら、女関係の愚痴を名久井が聞かされるのも最早お決まりの展開だ。

「なんで長続きしないんですかね。こう立て続けに振られると、さすがに自分が施工ミスのような気がして落ち込むんすけど」

内装屋らしい言い草で浦木はぼやくも、モテない男が聞いたらなんの嫌味かと思うだろう。失敗作どころか、振られても女の途切れない完璧《かんぺき》なモテ男だ。

百八十センチ超えの長身で、目鼻立ちも際立った華のあるイケメン。こんな古ぼけた……年季の入った居酒屋の隅でイカの足を咥《くわ》えていても、浦木はぱっと目を引く。当人がナルシストに陥ることなく、自分の容姿にやや無頓着《むとんちゃく》なところも女受けがいい。

しかし、振られると言うだけあって確かに交際は長続きしたためしがなかった。

もって半年、平均三ヶ月。決まって女のほうから別れ話を切り出され、こうして愚痴を零《こぼ》す羽目になる。

「前から言ってるだろ、おまえは努力が足りないんだよ。恋愛ってのはそれなりにパワーがいるもんだ」

「だから、名久井さんの言うとおり、今回はかなり気を遣ってましたよ。休みはなるべく遊びに連れて行ったし、こっちからもマメに連絡取るよう気をつけて……もうヘトヘトっていうくらい、俺にしては頑張ったつもりなんすけど」

秋を迎えても年中生ビールの男は、ジョッキを傾けグビグビと喉《のど》を鳴らす。男らしい首に浮き出た喉仏が上下するのを、名久井は思わずじっと見つめた。

この四つも年下の後輩は、派手な顔に似合わず素直なところが取り柄だ。

「で、もう彼女に連絡する気はないのか？　未練があるなら俺なんかと飲んでないで、復縁でも迫ってきたらどうだ？」

男にしてはしなやかで細く、神経質そうでもある指に似合わない乱暴な動きで、名久井は短くなった煙草《たばこ》を灰皿でぎゅっぎゅっと揉《も》み消す。

「うーん、べつに別れたいって奴を追いかけてまでヨリを戻したいとも思わないですしねぇ。もう新しい男もいるんじゃないすか」

こと恋愛に関して執着心の弱い男だ。実際に男の影を感じたのか知らないが、さらりとした調子で言う。けして情が薄いというわけではないだろうに、去る者追わず。

「ふうん、おまえって相変わらずだな」

涼しい顔で返しながらも、ほっとしている自分がいた。

認めたくはないが、抗《あらが》えない事実がある。

名久井満は浦木春綱が好きだ。

職場の後輩に不毛な恋をしている。

しかし、ゲイであることを打ち明けるつもりはないし、告白なんてものをするつもりはもっとない。ヘテロセクシャルである男に惚《ほ》れたはれただのと言うことが、どれほど報われないものであるか、生まれてこの方二十八年もゲイをやっていれば骨身に染みている。

それに、どうせまた一ヶ月もしないうちに新しい女ができるのだろう。

浦木は健全な若い男だ。誘われるまま合コンに参加したりと付き合いもよく、間口も馬鹿みたいに広いから、空席はケツを捻《ね》じ込む行動力のある肉食女ですぐに埋まる。美女も選別し放題だろうに、来る者拒まず。

「春綱、おまえもしかして変な趣味でもあるのか？」

「へ？」

「いや、続かないのはやばい性癖でも持ってるからかと思ってな。女装癖とか、実はM男で女王様に鞭《むち》振るってもらいたいとか……」

「ふ、普通ですよ、俺は！」

「へぇ……ま、冗談はおいといても、おまえが振られやすい理由、実はなんとなく判るけどさぁ」

「え、な、なんすか？」

「エッチがヘタ」

新しい煙草をボックスから抜き取りながら言い放つ。テーブルの向こうで浦木がむっとしたのが、顔を見ずとも気配で判った。

「言っとくけど、冗談で言ってるんじゃない。どうせ超特急なんだろう？」

「俺は早漏じゃありませんよ」

「バカ、挿《い》れてからじゃなくて総時間だよ。前戯合わせて十五分……たまに頑張って二十分ってところか」

名久井は咥えかけた煙草を指示棒のように動かしながら持論を並べ立てる。

「おまえのエッチには愛が足りない。努力が感じられない。なにしろイケメン様だからな」

「はぁ!?　なんすか、その偏見」

眉《まゆ》を顰《ひそ》める男は、不服そうに言った。

「おまえ、黙ってても女が寄ってくるだろう？　今に始まったモテじゃない。どうせガキの頃だって、美少年とか持て囃《はや》されて、オネエサンやらオバサンやらにチヤホヤされていたに決まってる」

「……はぁ、まぁそれは……可愛がってもらいましたけど……」

「そんなおまえはだ、女に媚《こ》びることを知らない。この女しかいないとか、やっと振り向いてくれたとか、必死になる要素がない。だからエッチも淡白で杜撰《ずさん》だ」

持論は半分は本気だったが、半分は出まかせの当てつけだった。目の前にいるのが自分に惚れている相手とも知らず、恋の悩み相談まで長年続けている鈍い男への嫌がらせだ。

「可哀想にな、女はみんな大事に愛されたいのになぁ。別れたくなるのも無理ないか。そういや一時期、スローセックスなんて言葉も流行《はや》ったっけ」

言われっ放しの男は、へどもどしながらも反論してくる。

「そ、そういう名久井さんはどうなんですか？」

「俺はメチャクチャ努力してる」

「なんでそんな自信満々……だって、名久井さんだって顔いいじゃないですか」

名久井は無視して唇に煙草を挟むと、伏し目がちにライターで火を点《つ》けた。

慣れたその仕草が様になって見えるほど、名久井の顔立ちも悪くはない。けれど、身長は平均にやっと届く程度で、華奢《きゃしゃ》で色白。イケメンというより美人という言葉がしっくりくる。

そして、そんな自分の繊細な印象が気に食わないとばかりに、名久井はいつの頃からかガサツに振る舞うようになった。

深く吸い込んだ煙をぷはーっと豪快に吐き出せば、大きな手をひらひらと振って散らしながら浦木が文句を垂れる。

「ちょっ……名久井さん、煙がこっちくる！　少しは非喫煙者に気を遣ってくださいよ」

「普段は気をつけてるよ。でもおまえに気を遣う義理はない」

「なんで俺だけ……酷《ひど》いな、親しき仲にも礼儀ありって言うでしょ」

――酷いのはどっちだ。

名久井は内心不貞腐《ふてくさ》れた。

おまえが悪い。おまえが女とのくだらない痴話揉め話ばっかり聞かせるから、煙草の本数だって増える。

「名久井さんって、ホントもったいない人ですよね」

「……なにが？」

「仕事はセンスいいし真面目《まじめ》だし、お得意さんにモテモテじゃないですか。愛想だってちゃんと振り撒《ま》くし、あの営業スマイルの半分もプライベートに生かせないものかって、俺は思うわけですけど？」

生かしたらおまえは構ってくれるのか。

男でも『好きだ』とか『惚れた』とか、自分を舞い上がらせる一言を言ってくれるのか。

絶対に起こり得ない。吸い差しを口にしたまま伏せた目で長い睫毛《まつげ》の影を落とす名久井は、ぽつりと言う。

「……めんどくさい」

ふてぶてしく響いたのだろう。

テーブルの向こうの男は溜《た》め息をついた。

「まぁ、そのギャップも名久井さんの魅力なんでしょうけどね。意外性っていうか、読めないっていうか……口悪くて冷たいのかと思えば、面倒見よかったりもするし」

「俺は面倒見よくしてる覚えはない」

「そうですか？　だっていつも俺の愚痴にも付き合ってくれて、仕事だって根気よく教えてくれたじゃないですか。俺、致命的に不器用なんで今でもクロスは得意じゃないってのに。社長なんか、最初俺の手際に絶望して『大人しく実家の店でも継いどけ』って、匙《さじ》投げようとしましたもん」

「俺だって……仕事だから教えてただけだ」

四年前、浦木が入社してきたとき、名久井はあからさまに冷たくしていた。イケメン男なんぞ嫌いだった。けれど、仕事に関しては無視するわけにもいかず、上司に乞《こ》われてあれやこれや指導していたところ、浦木は口の悪さにもめげずについてきて懐いてしまった。

名久井の素っ気ない返しに今も浦木はくすっと嬉《うれ》しげに笑む。

「あーあ、名久井さんが女だったらよかったのに。俺の欠点なんか最初っから知ってるし、デートにお洒落《しゃれ》スポットも必要ないし、飯は安い居酒屋でも牛丼屋でもありだし」

「おまえ楽したいだけだろ？　ガキだな」

「けど俺、本当に名久井さんが女だったら惚れてるかもって思うんですって！　サバけたタイプの女に弱いのかなぁ。そういや、初めて一緒に飲みに行ったとき、俺酔っぱらって名久井さんに抱きついたりしましたっけ」

「へぇ、そんなことあったか？　覚えてない」

惚《とぼ》けてみるも、忘れるはずもなかった。

浦木への恋愛スイッチが入ってしまった一件だ。『なんかチョイ好みだけど、どうせノンケだしなぁ』なんて、まだ自分を騙《だま》し騙し距離を測りつつ付き合えていた頃だった。焼き鳥屋で飲み過ぎて足元の覚束《おぼつか》ない浦木を介抱しながら歩いていると、いきなり『好きだぁ！』と叫んで抱きつかれた。

うっかりキュンときた。もしかして浦木もそのケありか？　なんて期待がむっくり頭を擡《もた》げ、押させまいとガードしていたスイッチは見事にプッシュ。『酔ってて、すみません』なんて、浦木は翌日ぺこぺこ頭を下げてきたけれど、時すでに遅し。名久井の恋愛スイッチは解除法が判らないまま今に至っている。

「俺はべつに性別変えなくても男にモテてるけどね」

『女だったら』を連呼する浦木に、名久井はむっとして言った。

「えっ？　それどういう……」

「駅裏に目立つ背の高いマンションあるだろ、グレーのタイル張りの。あのマンションの大家の息子、俺に気があるみたいなんだよなぁ」

「……って、いつも名久井さんを指名してくる？」

「そうそう。こないだケツ触られた」

実際は脚立から滑り落ちそうになって腰を支えられただけだが、同類ともなれば鼻が利く。

懸想《けそう》を抱かれているのは前から判っていた。

「はは、あの男、俺の営業スマイルにでもあてられたかね」

冗談めかして笑い、肩を揺らす。吸い差しの波打つ煙の向こうで、浦木は一緒になって笑うどころかしかめっ面のむすりとした声を発した。

「なんすか、それ。気をつけてくださいよ。ホモとか気持ち悪いなぁ」


ホモ、イコール気持ち悪い。

嫌味でチクリとやるつもりが、無自覚の男にバッサリと返された。

となれば、当然ヤケ酒も進む。

十時を回り、店を出る頃には名久井はしっかりとできあがり、真っ直ぐに生えているはずの電柱や街灯が傾いて見える始末だ。

――べつにホモを肯定してもらおうなんて思っちゃいないけどさぁ。

「名久井さん、なんでいっつもまともに歩けなくなるまで飲むんですか！」

「いいだろ、おまえさぁ～、家近いし、無駄にさぁ～、デカいし。嫌なら俺なんかと飲まなきゃいいじゃん」

酔っぱらい特有の呂律《ろれつ》で絡みながら、回した腕でその体にしがみつく名久井を、肩を貸した男は不満そうにしながらも導いて歩く。

職場も近いが、お互いの家同士も近い。下町風情《ふぜい》の色濃い街の中心にある駅前商店街を抜け、川縁のほうへ五分ほど歩いたところに二人の家はある。

「俺なんかって……子供みたいなダダ捏《こ》ねないでくださいよ。だいたい、ろくに食べずに飲んでばかりいるから酔いが回るんです」

「ふん、偉っそうに俺に説教か。おまえだって充分ガキっぽい……」

いや、子供というより犬っころだ。それも無邪気な大型犬。毛艶のいい、誰にでも懐く八方美人の犬だ。

酔っ払いの名久井の頭には、わふわふと幸せそうな鳴き声を上げて尻尾《しっぽ》を振るゴールデンレトリバーが過《よぎ》る。

「そういや……どっかのレトリバーの説明に書いてあったな。異常に人懐こいので番犬には向きませんーってな」

「レトリバー？　名久井さん、犬飼いたいんですか？」

「バーカ、飼わねぇよ。もう間に合ってる」

人の気も知らず声を弾ませる男の肩に、フラついて仕方がない素振りで頭を乗っける。

十一月のもう冷たい夜風が、せっかくの火照《ほて》りを醒《さ》まそうとするかのように頰《ほお》を撫《な》でた。

本当のところ一人で歩けないほど酔っているわけではない。聞きたくもない女の話まで聞いてやっているのだ。これくらいの役得はあって然《しか》るべきだろう。

制服の作業着から私服に着替えた浦木は、ジーンズにカットソー、上着はブルゾンの学生みたいななりだ。頭を預けた肩は広い。体は服を着てまで逞《たくま》しく見えるほどではないが、こうしてしがみつけば自分より遥かに筋肉質であるのが判る。女の影響か身だしなみにはそこそこ気を遣っているらしく、爽やかなトワレの香りが漂う。

——ああクソ、ヤりてぇな。

身も蓋《ふた》もない欲求が頭を擡げてくる。

なんでもいいからコイツに抱かれたい。一回だけでも、十五分でもいいのに。

俺だったら、どんな雑なセックスされても振ったりしないのに——

「……やば、もよおしてきた」

腹立ち紛れのように零せば、しがみつかれて歩く男は途端にうろたえ始める。

「えーっ、トイレっすか⁉　この辺借りれるところなんかないですよ。家までどうにか我慢してくださいっ！」

「違う、トイレじゃない」

「もしかして吐きそうなんですか？　な、なんか袋……そうだ今日、昼間雑誌買ってもらったヤツ！　たしか袋捨ててなかったはず……」

背中に回したボディバッグを浦木は大慌てで探り始め、そこまで焦るとも思っていなかった名久井は少し驚いた。

肩や腕に回した手の力を緩めて、すぐ傍《そば》にある顔をそっと仰ぐ。

月明かりを受けた横顔。ツンとしているのが似合いそうな端整な顔立ちのくせして、いつもは凜々《りり》しい眉を今は情けない感じに下げて慌てふためいている。

「春綱……おまえいい奴だよな。次こそ長続きするようなコ、見つかるといいなぁ」

ぽろりと漏らした言葉は、嫌味ではなく本音だった。

「今、そんなこと言ってる場合じゃ……ほら、名久井さんこれ持って！　しっかり持つ！　家まで大丈夫ですか？」

「あ……う、うん、大丈夫」

本屋の青いビニール袋を有無を言わさず握らされた名久井は、素直に頷《うなず》く。

どうせ家ももうすぐそこだ。極ありふれた二階建ての黄色い外壁のコーポ。

路地を曲がって目前まで辿《たど》り着くと、名久井はふと足を止めた。

急に身を離し、すくりと自分の足だけでその場に立った名久井に浦木が訝《いぶか》る。

「名久井さん？　どうしたんですか？　吐きそうならビニール……」

「俺、もうここでいいわ」

じっと凝らした目を向けているのは、コーポ前に停まっている一台の車だ。

「えっ、部屋まで送りますよ」

「あー平気、もうだいぶ酔いも醒めてきたから」

目と鼻の先の近所に住んではいるが、家まで送らないなら浦木は角を曲がる必要はなかった。

名久井は男の背中をそちらに向けてぐいと押し返し、ひらひらと手を振った。

「じゃ、送ってくれてありがとうな、また明日会社でな～」


アパート前に停まっていたシルバーの車は、思ったとおりフォーシルバーリングスのエンブレムを掲げた高級車だった。

嫌になるくらい覚えのある車だ。

名久井は背後を振り返り、もう浦木の姿はないのを確認してから車の運転席の窓をノックする。中にはスーツに眼鏡《めがね》の男が、やけに綺麗《きれい》な腕組み姿勢で居眠りをしている。

男は一度目のノックで飛び起きた。

「お……満？」

「西脇《にしわき》さん、なんでいるんです？」

ドアを開けた男に、憮然《ぶぜん》とした声で問う。

西脇はゲイの集まる店で出会った知人だ。もう知り合って二年半ほどになる。名久井より二つ年上の弁護士先生だけれど、ただの知人よりはだいぶ進んだ関係である。

「なんでって、今日は満が愛しの彼と飲みに行くって聞いてたからさ。これはチャンスが巡ってくるかもしれないと思って帰りを待ってたんだよ」

まるで緊張感のない男は飄々《ひょうひょう》とした調子で問いに答えた。

「なんのチャンスですか」

「まぁた、惚けちゃって。つれないねぇ、いつも彼と飲んだ夜はベソかいて俺に電話してくるくせに」

「……それ以上くだらないこと言うなら帰ってくださいよ」

名久井はむっとしたまま背を向けた。コーポの二階へと知らん顔で階段を上り始めると、慌てた様子で西脇は追ってくる。

「あー、嘘ウソ！　泣いてはなかったな。ただ、欲求不満になってらっしゃるだけで。だから俺にとっては大チャンス、おまえと寝られる機会なんてそうそう巡ってこないからな」

「結構巡ってきてんでしょ。って、ここで普通に喋《しゃべ》るのやめてもらえます？」

秋の夜の住宅街は、三軒先までひそひそ話さえ響いてしまいそうな静けさだったが、西脇に声を潜める配慮はまったく感じられない。

『とりあえず話は中で』と促すまでもなく、ずうずうしい男は鍵を開けると一緒に部屋へ入ってきた。

名久井は溜め息をつき、靴を脱ぐ作業の傍《かたわ》ら、上着のポケットから煙草のボックスを取り出した。

「西脇さん、あなたも物好きだなぁ。エグゼクティブな若き弁護士先生と一夜を共にしてみたいって奴は大勢いるでしょうに」

「一夜の振りして『一生を共にさせる』って意気込んでくる女性なら多いかな。怖い怖い」

「ゲイのくせして、女に調子よく愛想振り撒くからです」

嫌味を交えつつ、抜き取った煙草の一本を口にしながら奥のワンルームの部屋に向かおうとすると、脇から伸びてきた男の手にすっと奪われた。

「一服は終わってからにしたら？」

入ってすぐのキッチンスペースに明かりを灯しただけで、奥はまだ暗いままだった。けれど西脇ときたら、まるで構わない……むしろ好都合とでもいうように、背後から抱きすくめてくる。

「よ、欲求不満はどっちです」

狼狽《ろうばい》する声に力はなかった。

本気で拒もうとしない自分に気がついている。西脇の言うとおり、待ち伏せがなければ結局自分から電話をしたかもしれない。

いつもそうだ。後で自己嫌悪にどっぷり陥ると判っていながらも、誘惑に負ける。

乗ったところで、誰を傷つけるわけでもない誘惑。自分はまだ枯れるには早い二十八歳だ。

片思いの相手がいようと性欲くらい湧きもする。

いや、片思いの相手がいるからこそか。

都合のいい夢の一つでも見られれば、欲求不満も解消できるだろうに。夢に浦木が出てきたことといったら、新人の頃の思い出話で、雑なクロス貼《ば》りや板の浮いたフローリングに、文句を零しながらも客に見つからぬよう貼り直してやったことくらいだ。

このヘタクソ。おまえが悪い。クロスも満足に貼れないで余計な記憶植えつけるから。いい夢も見させてくれないから。そのくせ懐いてきて、期待を持たせるような優しさをチラつかせるから——

言い訳を並べる名久井は、それが浦木相手であることに気づいて虚しくなる。

バカバカしい。あいつはべつに自分が誰とどうしてようが興味がないし、せいぜい『ホモきもい』とか言って呆《あき》れるぐらいだろうに。

「……っ……」

カーペットの上に押し倒した西脇は、遠慮のない動きで中心を握り込んできた。

「あ……満くん、もう結構その気だ。やっぱ俺、スタンバっておいてよかっただろ?」

「くそっ……」

うつ伏せた名久井は、男の重みを背に受けながら目を閉じた。ずるっと下着ごとパンツが剝《む》かれ、部屋の冷やりとした空気を肌で感じる。

「すごい扇情的な眺め」

西脇も服を寛《くつろ》げたのだろう。浮かせられた尻の狭間《はざま》で直に覚える強張《こわば》った熱。上下に動かされるうちに乾いた切っ先は滑《ぬめ》りを帯び、名久井の浅い尻の肉を分けてぬるぬると卑猥《ひわい》に行き交う。

カーペットに額を押し当て、大人しくされるがままで慣らされる名久井は、項《うなじ》に走った感触に身を竦《すく》ませた。

「首、やめっ……弱いんですって……」

「弱いって知ってるから狙《ねら》ってんだろ。痕《あと》つけないからさ、舐《な》めさせて？　キスはいつもしないでやってるんだから、これくらいはいいだろ？」

「……んっ、や……」

かぷりと首に歯を立てながら、回された手で宥《なだ》めるように性器を扱《しご》かれた。

「あっ……」

「可愛いよなぁ、イマドキ、キッスは好きな男としかしたくないってさ」

「べっ…べつに……なぁなぁっ…になるのは、嫌…なだけですっ……」

「セフレとは一線引いておきたいって？　そういうのを『可愛い』って言うんだよ」

狭間を濡《ぬ》らしていた西脇の屹立《きつりつ》が、明確な意図を持って窄《すぼ》まりを探る。淫《みだ》らな行為に慣れた場所は、強く突かれただけでその先の快感を期待し、意思とは無関係に綻《ほころ》び始めた。

「タマもサオも舐め…させて、こんなとこまで自由にさせてる男が……キスはダメって、どうなの？」

「……弁護士…先生っ…が、聞いて呆れる…下品さですね……」

息が乱れる。名久井だけでなく、西脇の息遣いも背後からはぁはぁと煩《うるさ》く響いていた。

途中でなにか物音が響いた気がした。でも、気に留めなかった。安っぽい組み立て施工のアパートは、隣近所の音まで自室の音であるかのように響く。

「ぁ…んっ……」

その瞬間は、いつも理性が吹っ飛ぶ。

あえかな声を名久井は上げ、無人であるはずの玄関のほうから声が響いた。

「……名久井さん?」

首を捩って見る。

開いた玄関ドア。キッチンの明かりの中に立つ男の姿。風が流れ込んできたわけでもないのに、一瞬で体が冷えた。

「名久井さん、なにやって……」

そこにいるはずのない浦木が、強張る声で言った。

判らないはずがない。いくら部屋の明かりは消しているといっても、キッチンから差し込む光でうっすらと明るい。

三者三様に硬直していた。圧《の》し掛かる西脇ごと、名久井は彫像のように身を固め、その姿といったら、誰の目にも淫らにまぐわっているとしか思えない肢体だ。

掲げた腰、ぴったりと重ね合わせた体。自ら望んでのことであることくらい、すぐに判る。

「……は……春、綱」

やっとの思いで絞り出した声は、有り得ないほど上擦っていて、自分の声とは思えなかった。

「ノックしたけど反応ないから、俺……」

浦木はぎこちない口調でそれだけを言い、次の瞬間踵《きびす》を返した。


名久井の勤める内装工事会社、ツクダ内装は、長く南北に伸びる駅前商店街の途中から脇道に一歩入ったところにある。

元は小さな縫製工場が入っていたらしい青いタイル張りの雑居ビルの一階だ。いかにも年季の入ったビルはその存在自体がレトロで気の抜ける感じだが、四年も通勤していると、もう目を瞑《つぶ》っていても入り口を潜れるほど馴染《なじ》んだ空間だ。

その通い慣れたビルへ、今朝の名久井は入社試験の面接にでもきた学生のように緊張した面持ちで入って行った。

「おっす。なんだ満、青い顔して」

入り口の来客用の長椅子にふんぞり返って新聞を読んでいた男が顔を上げる。

「おはようございます、社長」

若い社員をまるで自分の息子のように名前で呼ぶのは、社長の附田《つくだ》だ。

ただのだらしなさ漂うフランクな中年オヤジではない。地味な街の地味な会社だが、こう見えてリフォーム情報誌の優良施工業者紹介に何度も上がっている。マイナー情報誌だろうと、選ばれるのは内装業者の中では結構な名誉だ。

「なんだ、二日酔いか？　春綱と飲み過ぎでもしたか？」

唐突に出てきた浦木の名に、昨夜から凍りついたようになっている心臓が飛び跳ねる。

逃げ帰った浦木とはそれきりだ。いくら年下でヘテロセクシャルど真ん中の男とはいえ、多感なお年頃の中高生じゃないのだ、ショックで出社まで拒否するようなことはないだろうと思うが——

名久井は恐る恐る問いかける。

「あいつ、来てませんよね？」

まだ八時半だ。事務所には社長とベテラン社員と紅一点の女子社員、そして名久井の四人の姿しかない。

「春綱？　ありゃいっつもギリだからな。十五分前には出社しろっつってんのに、まったく……」

新聞越しにこちらを見ていた男の目が、ぎょろっと動いて戸口を見た。重いガラス戸が押し開かれ、背の高い男がのそっとした動きで入ってくる。

「なんだおめぇ、早いな。今日は大雨でも降んじゃねぇか」

「社長、お、おはようございます」

いつになくテンション低く入って来た浦木の姿に、名久井の心臓は壊れそうにドクドク鳴った。

普通に。とにかく普通に。

「おう、おはよう、春綱」

平静を装い、さらりと声をかけるとぎょっとした顔で振り返られた。

ドア陰に自分がいるとは思ってもみなかったらしい。飛び跳ねる勢いで後ずさられ、普通に挨拶《あいさつ》どころではない。

いくら自分が普通を装ったところで異様だった。浦木は無駄に長い脚を傘立てに引っかけ、ドタバタと大きな音を立てて倒す。

「わっ、やべっ……」

「なにやってんだ、おまえ？」

怪訝《けげん》な社長の声に、苦笑いというより引き攣《つ》った表情を浮かべ、名久井は奥へと向かった。

唐突に湧き上がったニコチンへの渇望。一服するためだが、精神的な『逃げ』であるのは確かだ。

事務所奥のドアを抜けた先には、作業場があり、ビルの裏手に面したその一角には喫煙所が設けられている。なんのことはない、薄汚れたスタンド灰皿が窓辺に置かれただけの場所だ。

窓をガラガラ開けていると、背後の事務所に続くドアが開く気配がした。

「名久井さん」

かけられた声にびくつきそうになるのを、名久井はジャケットのポケットから煙草を取り出す仕草で誤魔化《ごまか》す。

「……なんだよ、俺とは挨拶するのも嫌になったんじゃなかったのか?」

「べ、べつにそういうわけじゃ……」

近くに立った浦木は、そう言ったっきり沈黙した。

言葉を探しているようだが、大らかなマイペース男が話し出すまで待つのは心臓がもたない。

名久井は自ら切り出す。

「昨日、なんで戻って来たんだ? 家に帰ったんじゃなかったのか?」

「……帰りましたよ。家に帰って、名久井さんの部屋のほう見たら明かりが点いてなかったんで、おかしいなって思ったんです」

「え……」

「もう寝たのかなって思ったけど、やっぱ気になって……俺、ちゃんと家まで送らなかったし、具合悪くなったんじゃないかって。そんで名久井さんとこに向かったんです」

なんとなく家に来てしまったわけじゃない。浦木の優しさからであったことに、どうにもならない罪悪感がぶわりと胸に膨らむ。

「そうか……悪かったよ、驚かせて。言い訳はしない。おまえが見たとおり……俺はゲイなんだよ」

「ゲイって……」

傍らの男が困惑した顔を見せるのに、名久井は驚く。浦木はあんな現場を見せつけられてなお、そう認識しきれていなかったのだ。

それほど、信じ難いということか。

「け、けど、名久井さん男ですよね」

「は？　男じゃなかったらゲイになんねぇだろ」

「そりゃあ……そうっすけど。名久井さんべつに性格とか女っぽいわけじゃないし、女装趣味とかもなさそうだし……」

暗い表情でぼそぼそと喋る男は、ぐずぐずと歯切れが悪い。普段から口が達者に回るのは自分のほうで、浦木はおっとりしていて喋りはけして上手くないところがある。

「なにが言いたいんだ？」

「あ…あんなことされて平気なんですか？」

「あんなって、嫌々やってるように見えたか？　おまえには刺激が強過ぎたようだけど、男が好きってのはそういうことだよ」

　恥ずかしがったりしては、余計に惨めな思いをする。目撃されてしまったことも、行為の内容もなんでもないことであったかのように、殊更あっけらかんとした調子で名久井は告げた。

「好きって……じゃあ、昨日の奴は名久井さんの恋人？　あの男と付き合ってんですか？　いつから？　男同士だから俺には教えてくれなかったんですか？」

「べつに、そんなんじゃねぇよ。あれはただのセフレ」

　どうしても納得できないとばかりに疑問をぶつけてくる男は、取り柄の二重《ふたえ》の切れ長の眸《ひとみ》を丸くし、急にきょとんとした顔になった。

「せ…ふれ？」

「おいおい、そんな驚くようなことかよ？　セックスフレンドくらいノンケでも作るだろ。あ、まぁおまえは息するように新しい女ができるからそんなの必要ないか？」

　丸くなっていた目を、浦木はすっと細める。

　剣呑《けんのん》な光が宿った気がした。

「そういう問題じゃないでしょ。俺は彼女いなくたって、そんな相手作りませんよ」

「……へぇ、意外と真面目なんだ」

「真面目って……名久井さん、俺あんたのことクールなとこある人だとは思ってましたけど……セフレとかちょっと理解できない。しかもあんな男の……」

　低くなった声は初めて聞く類《たぐい》の苛立《いらだ》ちを滲《にじ》ませていた。

「ていうか、なんで俺と別れてすぐなんですか？　あいつ部屋で待たせてたんですか？　俺と会った後、最初からああいうことするつもりでいたってこと？」

「だったらどうだってんだよ。しょうがないだろ、酒が入るとヤりたくなるんだからさ」

そう自分を責めてくれるなと思いつつ、開き直ったように答えた。

言えるわけがない、本当のことなんて。おまえに会った後だから、堪《たま》らなくなるなんて……言えるくらいなら、最初から告白でもなんでもして玉砕している。

薄い唇を歪《ゆが》ませ、名久井がくすっとシニカルな笑みを浮かべれば、浦木の表情がますます歪んだ。いつもはわふわふ鳴いて尻尾を振る犬みたいな男が、今にも唸《うな》り声でも上げそうな怖い顔をしていた。

「信じらんねぇ、なんなんだよあんた」

踵を返し、浦木は事務所のほうへ戻って行った。

冷やりとした空気が頬を撫でる。

日当たりの悪いビルの裏手を抜ける風。開いた窓の向こうに目を移した名久井は、自分が煙草に火を点けることさえ忘れて緊張していたのに気がつく。

無意識に力の籠《こも》った指の間で、煙草はぽきりと真っ二つに折れていた。

しょうがない。

好きな言葉ではないが、名久井はよく使う言葉だ。

特に心の中では、今まで幾度となく使ってきた。父親に勘当を言い渡されたときも、都心に洒落たオフィスを構えるインテリアデザイン事務所を入社一年で辞める羽目になったときも。

そして現在、三年ほど片思いをしてきた年下の男に無視され続けていることも。

「……しょうがないよなぁ」

名久井はクロスの貼り替え作業の手を止め、ぽつりと呟《つぶや》いた。今日はマンションの空室のリフォーム作業だ。朝から一人で黙々と作業を続けている一室は、白い真新しいクロスに覆われて、まるで新築の部屋のように様変わりしてきている。

仕事の手を少しでも止める度に溜め息が零れた。

浦木とは、もう一週間ろくに口を利いていない。今までの親しさは、浦木から積極的に近づいてきていたからなのだと実感せざるを得なかった。なにかと頼られ甘えられ、自分の周りに当たり前のようにいて、仕事が終わったらそれこそ部活の先輩後輩のように連れ立って帰っていた。

あからさまな態度の変化はショックだ。

正直、淋《さび》しい。

しかしそれも、自分の吐いた言葉や、ゲイであることを思えば仕方のないことと納得する。

――しょうがない、と。

「……まぁ、学生じゃないんだしな」

名久井は脚立の上で天井に向けて伸び上がる。

壁の枠回りの角に地ベラを強く押し当て、カッターをすいっと走らせた。クロスの切りしろを落とすと、ふっと息をつく。広いリビングを貼り終え、これで残すは六畳間だけだ。

脚立を降りる名久井を、開け放った窓から玄関口へ向けて流れる風が撫でる。女っぽさなど欠片《かけら》もないベージュの作業着を着ていても、細く明るい色をした髪がさらさらと揺れる名久井の横顔は中性的な印象だ。

白い肌に小さく尖《とが》ったおとがいの顔。首も男にしては細い。全体的に骨格が華奢なのはどうも家系のようで、高校の初めくらいまでは儚《はかな》げな美少女風情だった。当然、子供の頃にはよからぬ変質者やら、その気のある男にすぐに目をつけられた。

今も咥え煙草で不遜《ふそん》な態度でもしていないと、どうやらその吸引力は復活するらしい。

「わぁ、もうこんなに仕上がったんですか！」

感嘆の声を上げ、開いた玄関から一人の若い男が中に入って来た。

「名久井さん、すみませんねぇ、野暮用でなかなか顔を出せなくて。ああ、お疲れでしょう、さぁこれをどうぞ」

缶コーヒーをぬっと差し出され、受け取った名久井は笑む。

「すみません、お気遣いいただいて。作業は終わったら声かけさせていただきますから、大丈夫ですよ。沼田《ぬまた》さんもお忙しいでしょう」

傍に貼りつかれても、気が散るだけだ。対営業スマイルでかわそうとするも、男はしばらく居座る気でいるらしく、ベランダへと続く窓の縁に腰を下ろした。

「さすがですね、見違えます。やっぱりあなたに来てもらって正解でしたよ」

「お待たせして申し訳なかったです。予約が立て込んでしまっていたもので。ほかの者ならすぐ取りかかれたんですが……」

沼田はゲイの疑いのある男だ。

だから避けていたというわけではないけれど、クロスの貼り替えくらいでいちいち指名されるのは珍しい。賃貸の部屋に、柄合わせの難しいクロスや、センスの問われる多種使いはまずない。素人でも貼れる無難な白い地模様のクロスがほとんどだ。

実際、マンションオーナーである父親に尋ねてみたところ、すぐに来てくれるなら誰でもいいと言っていた。

「コーヒー、飲まないんですか？」

男はじっと名久井の手元を見ている。

「あ、ああ……いただきます。ありがとうございます」

さっさと残りの六畳間も終わらせて帰りたかったけれど、名久井は道具を置いて缶コーヒーを飲み始めた。ただの偶然だろうと思うが、いつも好んで飲んでいる銘柄の微糖のミルク入りだった。

やけに見つめてくるから飲みにくい。野郎が缶コーヒーを飲むだけの行為がそんなに面白いか。妙な目で見られているのはだいぶ前から気がついていたが、近頃は隠す気もないのかとさえ思う。

名久井より背丈はあるが痩《や》せた男は、取り立てて不細工なわけではない。ただ若いのに眼窩《がんか》の深く落ち込んだ目が、うろうろと落ち着きがなく陰気な印象だ。年齢は自分より少し下だろう。一つか、二つ……浦木より年下には見えない。

平日の昼間から自分に貼りついてくるところからして、就職はしていなさそうだ。

父親の不動産収入で働かずとも食える暮らしか。単なる庶民のやっかみなのかもしれないが、名久井は働かない男に好感は持てなかった。

世の中上手くいかないものだ。

好きな男には無視され、苦手な男には気に入られる。

「名久井さん、今日は無理言って来てもらってすみませんでしたね。お詫《わ》びに終わったら食事でもいかがですか？　ご馳走《ちそう》しますよ」

「あ…いえ、そこまでお気遣いいただくわけには。それに今日はこの後、遠方の客先に行くので」

「そうですか、残念だなぁ。名久井さんは本当にいつもお忙しいようですね」

誘われるのは実はこれが初めてではなかった。毎度のらくらとかわしている名久井だが、いつもはもっと食い下がってきていたはずの沼田はやけにあっさりと引いた。

かえって引っかかりを覚える。

「名久井さん、また近いうちにお願いしますよ」

「あ、えっと……」

「リフォームの話です。近々三階に退去が出る予定なんで、また頼むつもりでいます」

「あ、クロス……判りました。どうぞご連絡ください。いつもありがとうございます」

名久井がヘビースモーカーとは思えない桜色の唇で、ふわりと花開くような作り笑いを浮かべると、男は何故か苦笑する。

「嫌な人だなぁ」

「え……?」

「いえ、なんでも。この階はなかなか住み心地がよさそうですね。よく風が通るし……眺めもうちとさほど変わりません」

オーナー一家は最上階に住んでいる。男はベランダへ身を乗り出し、下界の景色を一望する仕草を見せた。

「ほら、名久井さんの家のほうまでよく見えますよ」

沼田の言葉に、名久井はどきりとなる。

家の場所など教えていない。けれど、沼田が示した先は確かに自分のアパートの方角だ。

怪訝な顔を隠せずにいると、男はうっすらと笑んで言った。

「ああ、すみません。たまたま知ったんです。そちらのアパートの大家さんとうちは親しいものですから」


そんなに口の軽い大家だとは思っていなかった。

けれど、ほかに自分の家を知る方法があるとも思えない。まさか調べたり後をつけたり、いくらなんでもそんなストーカーじみたことまではしていないだろう。

自分なんて、昔は美少女風情でも今はただのアラサーのゲイ。多額の税金を毟《むし》り取られながらも冷遇され、ひっそりと生きるヘビースモーカーだ。

午後四時。自虐的なことを思いながら、社用車のバンで事務所に戻った名久井は、食べ損ねていた昼飯を取るため商店街にいた。

定食屋で腹を膨らまし、再び足早に会社に向けて歩く。浮かない顔なのは日替わり定食がとっくに終わっていて割高になった上、味も今一つだったからではない。

「じゃあもう俺行くからな？　仕事中なんだよ、課題は自分でやれ」

向かう先から聞こえてきた声に、名久井はびくりとなる。肩を落として俯《うつむ》き、舗装のブロックを数えて歩く羽目になった、元凶の男の声だ。はっとなって顔を起こせば、過ろうとしていたのはちょうど浦木の実家の営む店の前だった。

浦木インテリア館。カーテンやカーペットを中心に、インテリア用品全般を取り扱う店だ。元々、浦木がインテリア関連の専門学校を卒業しているのは、長男夫婦が継がなければ自分が店を継ぐつもりだったかららしい。

「もー、冷たいこと言わないでよ！」

店先で浦木が話をしている制服姿の女子高生は、年の離れた妹の実夏《みか》だ。

「春ちゃん、少しくらい手伝ってあげればいいじゃない。実夏ちゃん、あんたが店に寄るの待ってたんだよ？」

「日本史なんてネットでちゃちゃっと調べれば、自分一人でまとめられるんですって！　それに俺はマジ仕事中なんです」

妹に加勢して横槍《よこやり》を入れているのは、隣のお茶屋の婦人だ。

商店街の歴史は古く、どこも父親の代から経営してきた店ばかり。当然、地域は顔見知りだらけで、四年あまり住んでいようと、名久井などここでは余所者《よそもの》もいいところだ。

たまに昔話に花を咲かせられると、疎外感を感じる。小学校や幼稚園での出来事を昨日今日のことのように語られる浦木は嫌そうにするものの、名久井には羨《うらや》ましくも眩《まぶ》しかった。

今時ちょっと珍しいほどの健全なコミュニティで生まれ育った男だ。二男一女に祖父母まで加わった七人の大家族。そこからして、不仲で食事も共にしない両親の元で一人っ子で育った自分とは違う。同性愛がバレ、家族仲を決定的な破滅に追い込んだ自分とは、なにもかもがまったく違う。

――くそ、相変わらずキラッキラッしてやがる。

同じ職場で働いてはいるけれど、浦木は自分とはかけ離れた日向《ひなた》に立つ男だ。可愛い妹にイケメンで評判の兄。話す姿は外見の問題だけでなく、その空気が輝いて見える。

――早く事務所帰って煙草でも吸おう。

すっかり気分は日陰者で、通りがかりの学生の一群の向こうに身を隠して行き過ぎようとすると、不意打ちでこちらを向いた男と目が合った。

ばちっと音がしそうなほど絡んだ視線に、名久井は気まずく目を逸《そ》らす。どのみち無視されている身なのだから関係ない。

そう思ってぎこちなく歩き続けていると、後ろから駆け足で追ってくる足音が聞こえた。

「名久井さん！」

どういう風の吹き回しだ。

足を止めて振り返ると、追いついた浦木は白いビニール袋からぬっと缶コーヒーを差し出してきた。

「こ、これ、一本あげます。隣のお茶屋さんからもらったんですけど、名久井さん、いつも好きで飲んでるやつでしょ?」

「コーヒーなら、さっき俺も客のとこでもらったばかりだ」

素っ気なく答えながら、男の顔を見上げる。

一週間ばかり正面から向き合わなかったところで、浦木はいつもの浦木だ。ちょっと直視するのが辛《つら》いほど、子供みたいに真っ直ぐな目で見返してくる男に、名久井はゆらゆらと不安定に眼差しを揺らしそうになる。

「でも、いる」

苦し紛れに缶を奪い取った。浦木が「ははっ」と笑い、ますます居心地が悪い。

「なんだよおまえ、俺とはもう口も利かないんじゃなかったのか。おまえのシカトが持つのはたった一週間か、意気地ねぇな」

名久井はついつい口汚く罵《ののし》る。ちゃんと聞いているのかいないのか、並んで歩き出した浦木はマイペースにぼそりと口を開いた。

「俺、考えたんですけど……」

「ん?」

「ゲイは止めることはできないんですか?」

「……は?」

とんだ打診に、一瞬なにを言われたか判らなかった。

「俺、協力しますから！」

「はぁっ!?　なに言ってんだ、おまえ」

酒や煙草じゃないのだ。『今日から止めましょう』なんて言われてできるものではない。

「今まで名久井さんには散々世話になってるし、止めるっていうなら、俺にできることならなんでもします」

「あのなぁ、おまえに同性愛を理解できようができまいが、性的指向ってのはメンタリティの問題なんだから、そうそう変えられるかっての」

たとえ肉体的に関係を持たなかったところで、精神的には無理だ。自分だって好き好んでゲイになったわけじゃない。

「でも……あんなの、おかしい」

思い詰めたような声で、けれどはっきりと浦木は言った。

「頭から抜けないんです、あの晩のこと。ほんの一瞬だったのに、忘れられなくて……暗くてよくは見えなかったけど、声とか……」

「説明しなくていい。んなこと言われても、おまえの記憶までどうにもできないし」

「思い出す度に気分悪くなるんです」

身構えていたのに、胸にぐっさりとなにか刺し込まれた感じがした。

「こう、二日酔いみたいに胸がムカムカするっていうか、吐きそうっていうか……」

自分がどんな声を上げていたか、よく覚えていない。でも、きっと耳を塞《ふさ》ぎたくなるような、男を欲しがるねだり声だろう。

それを、浦木はむかつくという。吐きそうなほどだと、浦木が——

指先や痛む胸や、体のあちらこちらが冷たくなっていく感じがした。

「あんなの、名久井さんらしくないです。絶対、おかしいです」

自然とまた舗道に目を落として歩き始めた名久井の横で、浦木は繰り返す。

いつもと立場が逆転してしまったみたいに、名久井のほうがぼそっと口にした。

「俺らしいって？　どんなんだよ、おまえ俺のなに知ってるっての？」


名久井は子供の頃からぼんやりと同性愛者の自覚を持っていた。けれど、実際に付き合ったりセックスしたりとフィジカルな関係を持ったのは、高校生のときだ。

部活のテニス部の先輩だった。テニスもそこそこ上手かったけれど、なにより見栄えのするルックスで、通っていたのは男子校だったにもかかわらず、近隣の高校の女子生徒の間でも有名になるようなとにかく目立つ男だった。

入部当初から憧《あこが》れていた。でも、その頃の名久井は、挨拶を交わすだけで顔が真っ赤になるような、今では考えられないほど奥手で大人しい生徒だった。

近づいてきたのは先輩からだ。『好きだ』と言われて舞い上がった。付き合うようになってからは、嫌われまいと必死になった。

モテる男はなにかと誘惑が多い。他校の女の子と週末は遊びに行ったり、浮気としかいいようのない行為をしたり……交際も三ヶ月も過ぎる頃には名久井も気がついていた。

自分は一時の遊び相手で、校内に女っ気もないからちょっかいを出されただけであると。

でも、捨てられたくなくて必死だった。苦痛ばかりで好きになれなかったセックスも、先輩に嫌われたくなくて努力した。『萎《な》えるから痛そうにすんな』と言われて、フェイクでも気持ちよさげにしてみせたし、『キツ過ぎてよくない』と言われれば、自分でそこを慣らすくらいのことはした。

ろくでもない男だった。でも好きだった。

努力の甲斐《かい》あってか、関係は一年半ほど続いた。

けれど、結局は先輩の卒業を機に別れた。

というより、呆気《あっけ》なく切られた。

今なら『調子に乗ってんじゃねぇよ、このクソガキ』くらいのことは言うだろうけれど、そんな捨て台詞《ぜりふ》を思い浮かべることすらできずに振り回されただけで、名久井の初めての恋は終わった。

その後も何人かの男と、似たような繰り返し。学校を卒業して入社した会社では、上司に気に入られ、一時そういう関係になった。年相応の落ち着いた男で、今度こそ長続きするのかと思えば、あっさり結婚で別れを告げられてまた一人ぼっち。会社まで居づらくなって辞めてしまった。

名久井はようやく学習し、悟った。

一人の男にずっと愛されようなんて思っちゃいけない。顔のいい男なんて信用できない。期待するから悪い。自分に隙《すき》があるから悪い。

名久井はクールな物言いで、何者にも執着しない振りを身につけた。遊びの付き合いはしても、本気にはならない。

――なのにうっかり久しぶりの恋をした男は、女の途切れないイケメン面《づら》の男な上、先輩と同じヘテロだった。

紫煙がゆらゆらとビルの谷間の青空に消えていく。

日当たりの悪い事務所の裏手は、湿気を帯びた冷やりとした空気が漂っている。作業場の喫煙スペースの窓辺に深くもたれ、名久井は煙草を吹かしていた。

「おー、満、なんだ久しぶりに顔見るなぁ、おまえ」

煩わしいほどの陽気な大声を上げて近づいてきたのは、社長の附田だ。

「久しぶりじゃありませんよ。昨日も今日もちゃんと朝礼に顔出してたじゃないですか」

「でも忙しいとか言って、バタバタ出て行ってただろうが。ここんとこ、帰りも直帰が多いし、おまえなにがそんなに忙しいんだ？」

一服しにやってきたらしい附田は、愛煙のソフトパッケージの煙草を取り出しながら言う。

「なにって仕事ですよ。旭町《あさひ》のカフェのドルミール、手間取る作業が多いんです。輸入物のクロス使いたいって言うんで、僕も久々だなぁと思って張り切ってたんですけど、オーナーがコロコロ希望を変えるんで作業に取りかかれなくて。あげくにどうせなら珍しいパターンがいいとか言い出して、廃番寸前のモリスを指定するもんだから仕入れが間に合わなくなって、卸しまで直接取りに行ったりしてたんです」

淀《よど》みなくつらつらと名久井は答えるも、実際は極私的な理由で事務所を避けているがゆえの言い訳だ。

「へぇ、俺はあんなゴテゴテした果物やら花やらが密集したクロスはうるさくて好かんが。なぁ満、知ってっか？　あの手の壁紙はなぁ、草花の配置がどうかすっと人面に見えてきて、夜中に暗がりで見ようもんならションベンちび……」

「客前で言わないでくださいね、それ。一応、内装屋の社長なんですから」

「けっ、可愛げのねぇ男だな、おまえは。ちったぁ、話合わせろよ」

涼しい顔して煙草を吸い続ける名久井に、咥えた煙草に火を点けながら附田は言う。

「しかし、そんなに忙しいなら春綱にでも手伝わせようか？」

一息煙を吸うと急に社長の顔になり、そんなことを言い出すものだから名久井は焦った。

「い、いや、そこまでは。一人で充分です」

「そうか？　そういや、あいつもおまえを捜してたなぁ。帰って来てないのかって、昼休みにタキちゃんに訊いてたぞ。コンパやるから、誘うとかって……あいつ、いつからそんなマメな男になったんだ？」

「さ、さぁ、彼女と別れたからじゃないですかね」

「あいつまぁた振られたのか。どうなってんだ、あの顔でなんで逃げられるんだ？　情けねぇ奴だなぁ、見かけ倒しっつーか」

『俺の若い頃は』とビール腹のオヤジが四半世紀前のモテ自慢を始めるのを耳にしながら、名久井は渋っ面を晒《さら》した。

——コンパって、なに考えてんだか。

ゲイを止めさせる。なんて明後日《あさって》の方向に行動を起こした男は、名久井の迷惑も顧みず、女に目を向けさせようとしてくる。

シカトしていたのが一転。この一週間は名久井のほうが完全に逃げる立場で、女のよさだの女の紹介だの、きっと食わず嫌いなだけだのと浦木は改心を試みようとしてきて、鬱陶《うっとう》しいことこの上ない。

名久井は短くなった煙草をスタンドの灰皿で揉み消しながら言った。

「社長、今日も直帰しますから」


直帰を宣言したものの、本来必要もない選択だったので帰宅はそう遅くならなかった。

コンビニ弁当でいつもの侘《わび》しい一人食事をすませた名久井は、八時過ぎに大きな布バッグを持って家を出た。

「さっさと買い直しとけばよかったな」

向かった先は近所のコインランドリーだ。夏に洗濯機が壊れてしまい、利用するようになったのだけれど、すぐに購入しなかった理由は浦木にある。

国道沿いのコインランドリーへ行くには、浦木の家の前を通る。『だったら、俺んちで洗えばいいじゃないですか〜』なんて、屈託ない男に気軽に誘われ、洗濯機を時々借りるようになった。

名久井にとっては、浦木の家を訪ねられる嬉しい口実だ。親しいとはいえ、「淋しくなって来ちゃった」なんて言える性格ではない。名久井から浦木の家に行くことは滅多になく、洗濯は好意を覗《のぞ》かせずに会える体《てい》のいい言い訳だった。

た。


「……バカみてぇ」

洗い物をコインランドリーのデカい洗濯機に押し込みながら、名久井は一人ぼやく。

いい年してなんだと、自分に呆れずにはいられない。

さっき通りかかったら、浦木の住む単身者向けマンションの部屋は明かりが点いていなかった。

もう仕事は終わっているはずだ。外で食事をしているのか、誰かと一緒なのか――新しい彼女……は、いないはずだ。今は自分のためにコンパのセッティングを考えるのに忙しい。

「……ほんっと、バカだな」

バタンと扉を閉めてスイッチを押しながら、名久井は再び呟いた。

浦木に新しい女がまだいなかったらなんだ。

虚《むな》しい。どんなに望みがないと判っていても意識する。藁《わら》にも満たない、糸くずみたいに些《さ》細《さい》なことでも、縋《すが》ろうとする。

吐くほど気持ちが悪いと言われて、なにを期待するっていうんだか。

溜め息を一つつき、簡素な白いテーブルの椅子を引いた。テーブルの真ん中にぽつんと残された、誰かが置いて行ったらしい漫画雑誌に手を伸ばそうとしたそのときだった。

「名～久～井さん～、見つけましたよ～」

ガラス戸を開けて入って来た男にひっとなった。

「はっ、春綱っ！」

恨めしそうな顔をして近づく浦木に、名久井は椅子をひっくり返しそうな勢いで立ち上がり、脇をすり抜けて戸口に向かおうとしてはっとなる。

背後でゴウンゴウンと音を立てて回っている洗濯機を見た。

「帰るんですかぁ、洗濯中ですよね？」

「おまっ、おまえ、なんで……」

「張ってたに決まってるじゃないですか。名久井さん、水曜日はコインランドリーの日だったと思って。うちの前、通るのも判ってましたから」

「コンパなら誘っても無駄だぞ。俺はいかない」

「ああ、コンパは……まぁ無理矢理人数に入れて逃げられても女のコに悪いし、今のところ諦《あきら》めました。その代わり、コレ」

白いテーブルの上にどっかりと置かれたのは、重そうな紙袋だ。

「グラビアからＡＶまで、俺の秘蔵のコレクションです。名久井さんになら、特別にお貸しします」

「はぁっ!?　なんで俺がおまえのオカズを借りなきゃならないんだ」

「好みの女のコでも見つかれば気持ちも変わるかもしれないでしょ」

「アホか、女なんか興味ねぇんだよ」

「そう言わず、ものは試しで……」

「はっ、どうしても見て欲しいなら、おまえの気に入りに付箋《ふせん》でもつけとけ。パラ見くらいはしてやっからさ」

毒をもってばっさり切り返したつもりが、言葉に詰まっておろおろするはずの男は、どういうわけかニヤついて見返してくる。

「やったね俺、ビンゴ。そう言うと思ってつけておきましたよ、ほら」

「……え?」

「じゃ、持って帰ってくれますよね?」

紙袋の中身は、グラビア誌から色とりどりの付箋が飛び出していた。

「ついでにDVDもオススメチャプターをチェックしときましたから。付き合い長いですからねぇ、名久井さんがどんな嫌味飛ばしてくるかぐらい読めんですよ、俺は」

いつもそんなに頭の回る男じゃないくせに。尻尾振ってボールだのフリスビーだの取ってくる、犬ばりの愛嬌《あいきょう》だけが取り柄とばかり思っていた男の反撃に、名久井は思わず唇を噛《か》んだ。

「ふん、ムカつくドヤ顔晒すんじゃねぇよ。こんなマメさがあんなら、女に振られない努力でもしてろってんだ」

洗濯には時間がかかる。

乾燥までしようと思ったら、もっとかかる。

コインランドリーで張るという浦木の策は、大した秘策だったと認めざるを得ない。名久井は逃れられないまま、隣から一方的に『説得』という名の雑音を聞かされる羽目になった。

「名久井さん！　これ、忘れてますよ、俺の秘蔵コレクション！　約束ですからね、家まで俺が持ってあげますから、絶対見てくださいよ?」

ようやくコインランドリーを出て帰路に着こうとすると、例の紙袋を手に浦木は飛び出してくる。

名久井は溜め息をついた。

「はぁっ、今日は寝るときもおまえの声が頭ん中でわんわん響きそうだな。ホント、いい迷惑」

「俺、諦めませんよ」

「諦めろよ、いいかげん」

こんなにしつこい男だとは知らなかったし、自分のセクシャリティの問題にそこまで首を突っ込んでくるとも思っていなかった。

「前も言いましたけど、名久井さんにはいろいろ世話してもらって、感謝してるんです。だから今度は俺が恩を返す番だって」

んかか？」

「恩を仇で返してるじゃないかよ。人を道でも踏み外したみたいに。おまえは俺の保護者かな
　そろそろ限界いっぱいなのを、この自分が正しいと信じてやまない男は気づいているのか。

「保護者じゃありませんけど、友達だとは思ってます」

「友達？」

「あ……名久井さんにとっては、ただの職場の手のかかる同僚かもしれませんけど」

　名久井は実のところかなり苛ついていた。肩から引っ提げた袋の中で、急速乾燥させた衣類が生暖かいのも気持ち悪い。

「どっちでもいいよ」

　言い捨ててパーカーのポケットから煙草とライターを取り出すと、隣で浦木が驚いたのを感じた。ヘビースモーカーでも歩き煙草をしないくらいのマナーは持っている名久井だが、今はどうにも湧き上がる衝動を抑え切れなかった。

　火を点け、立て続けに三回ほど吸い込む。それなりのニコチン量の煙草なので、くらっとアルコールでも入ったかのような酩酊《めいてい》感だ。

「名久井さん……そんなに俺の言ってること、腹が立ちますか？」

　夜道に白い筋雲をたなびかせながら歩く名久井は、顰《しか》めた顔で見下ろされているのが判っていた。

「ああ、ムカツクね。そりゃあ自分をフツウだとは思っちゃいないし、おまえみたいに嫌悪感持つ奴がいるのも判ってるけどな。俺、なんかおまえに迷惑かけたか？　ゲイってだけで、犯罪か病気みたいに否定されなきゃならないのかよ？」

「そ、そんなつもりは……ただ、あんなことは名久井さんらしくないと思って」

まただ。

俺らしいって、なんだ。

しゅんとした様子の男は大人しくなり、アパートまでの道程は互いに口数は少なかった。名久井は辿り着いたコーポの階段を上りながら言った。

「春綱、俺はそんなにいいもんじゃないよ。おまえの中でどんな人間に美化されてたのか知らないけどな」

「お、俺はっ、本当の名久井さんと、俺の知る名久井さんがそんなにかけ離れてるとは思いません」

さっさと自分なんか放って帰ればいいのに、浦木は紙袋を手に二階まで追ってくる。

「な、名久井さんっ？」

部屋のドアを開けた名久井は、短くなった煙草をポイっとタイルの三和土《たたき》に投げ入れ、靴裏で揉み消した。

「俺のことが判るってんなら、俺が今なにを考えてるか当ててみろよ」

「えっ……」

玄関の明かりを点けると、面喰《めんく》らっている男のほうを振り返る。

「う、ん、ざ、り。ヘテロのイケメンくんに知ったかぶりでマイノリティだからって首突っ込まれて、説教垂れられてさ」

通路に呆然《ぼうぜん》と突っ立つ男の手を取った。

「え……わっ、ちょっと……」

紙袋を持った浦木の左手。名久井はぐいと引き寄せ、バランスを崩した浦木は転がり込むように玄関へと収まる。

「俺はなぁ、女じゃ勃たないんだよ。それを実証してやる」

扉を閉め、狭い玄関で壁際に長身の男を追い詰めた。何事かと警戒して竦み上がったその身に、自分の体を重ね合わせる。

「ちょっ、ちょっ、ちょっと待って！　なにやってんのっ!?」

「なにって、イイコト。俺がオトコが好きってどういうことか判ってる？　そんで、おまえもオトコだって知ってる？」

「おとこ……ちょっ、待っ……」

名久井は部屋を出る際にチノパンに着替えていたが、浦木はだらしない黒のスウェットの上下にブルゾンを羽織っていた。恐らく、自分を見かけてそのまま部屋を飛び出してきたのだろう。

互いの身を隔てる衣類は頼りない。ぐっと腰を押し当てると、浦木が『うぁっ』と情けない声を上げた。

「……なにびびってんの？」

「なっ、名久井さ…っ……」

構わず中心を擦り合わせるように腰を動かせば、すぐに互いの形が露《あら》わになってくる。綺麗事を並べたって快感には弱いのは、哀《かな》しい男の性だ。

「……はっ……勃ってきた」

「う、嘘《うそ》……」

ただただびっくりしている浦木が可笑《おか》しい。

一方でその健全さに苛つく。

「潔癖ぶるなよ。こんなもん持って来て、ＡＶのオススメチャプターなんてチェックして、自分のイキどころまで俺に教えようって奴がさ」

「イキっ……って、べ、べつにそういうつもりじゃっ……」

「おまえって……なーんも考えてないよな。おまえのそういうごちゃごちゃしてないとこ、俺嫌いじゃないけどさ……だから何年経っても気づかないんだよ」

「きっ、気づかないって……なっ…にが？」

キスすらできそうな至近距離にある顔から名久井は目を逸らした。

「さぁ、なんだろな」

表情は見られたくなくて、そのまま肩口に顔を埋める。膨らみの顕著になってきた中心を、淫猥《いんわい》な腰つきで上下左右に擦《こす》り立て、性感を刺激した。名久井のほうが背が低いから、少し背伸びせねばならない。

スイッチを入れてしまえば後は簡単だ。

そうやっていつも欲求は解消してきた。

「……は…ぁっ……んっ……」

ぶわりと湧き上がる快感に、息遣いが乱れる。鼻にかかったねだり声を上げそうになる自分に気がつき、慌てて息を殺した。

この期に及んでも、浦木に『吐きそうだ』なんて思われるのは嫌だった。

「名…久井さんっ、ちょっとこれは……マズイって……」

「なんっ…だよ……嫌がってるけど、おまえのほ…うが、元気よく…ない？」

「そ、それは……」

「ああ、彼女と別れてご無沙汰《ぶさた》だっけ？　溜まってんのか、しょうがない奴」

「……っ……」

重ねた身の間に右手を差し入れ、きゅっと摑《つか》むと浦木の体がびくっと跳ねた。

素直な反応に嬉しくなる。『逃げるなよ』と、何度も祈るように思った。苛立ちも目的も忘れ、その場にしゃがみ込んで膝《ひざ》をついた名久井は、ただ好きな男に触れたいだけの恋する人間の気持ちになっていた。

「……なにっ？　なにやって……」

膨らみに頬ずりするように顔を寄せる。狼狽した声を上げる男に構わず、スウェットの紐《ひも》を解いて衣服を引き摺《ず》り下ろした。浦木はトランクス派かと思えば、ボクサーショーツだ。意外だなんて感想を覚えていられたのは一瞬で、元気に飛び出してきたものに意識も目も奪われる。

「へぇ、結構立派……」

熱の籠らない口調で言ったけれど、内心ドキドキしていた。

四年近くも一緒に居て、三年くらい片思いしていて、一度でも十五分でも雑でもいいから抱いてくれたらいいのにとまで思い詰めていた男に触れているのだ。心臓がバクバクいうに決まってる。

指が震えそうになるのを必死で抑えて、そろりと両手で触れた。

「……本当に溜まってたんだな。ちょっと刺激したくらいでパンパンになってるし？」

軽薄に笑う。いろいろバレないよう、なるべく粗雑に触れようと思っていた。

けれど、包んだ両手を上下させるうち、絞り出されたみたいにぷくりと透明な先走りを浮かせた浦木の性器に、名久井は堪らなくなった。

唇を押し当てた。

嬉しい。自分の愛撫《あいぶ》に浦木が反応してくれている。

「……っ、う……ちょっ…と……」

滑《なめ》らかな尖端《せんたん》に、愛しげに唇を何度も押しつける。張り詰めた亀頭を名久井がちろちろと舐めると、びくんと撓《しな》るほど性器は弾んで、素直に快感を示してくる。

「んっ……」

逃げられるのが嫌で、体全体を浦木の両足や腹に押しつけるようにしながら飲み込んだ。

口に含むと、浦木の性器は見た目以上に大きく感じられた。張りがきつくて、硬度がある。たぶんデカいんじゃないかと、根拠もなく思っていたからべつに驚きはしなかったけれど、一息にすべて迎え入れるのは無理だった。

尖端を舌で舐め溶かしながら、幹を包んだ両手を動かす。

「……なくっ……名久井さ…んっ……」

名久井は何度名を呼ばれても、髪を引っ摑まれても、顔を上げようとはしなかった。

目が合ったら、すべてバレてしまいそうな気がした。自分が好きで好きで、望んでこうしているということ。

「名久井さっ、なぁ……こんなの、シャレにならねぇって……ちょっ…あっ……」

「……んっ……ぅん……」

くぐもる声を上げ、スウェットの男の腹に額を押しつけ、顔を上下させる。前髪が擦れて乱れたけれど、そんなのどうでもよかった。

もっと感じさせたい。

感じて欲しい。

名久井はフェラが得意なわけじゃない。むしろ嫌いだ。苦しいし、べつに自分が気持ちよくなれるわけでもないし、でもこの瞬間確かに夢中になっていた。自分はこの年下で、ちょっと鈍くて、最近はさらに無神経まで加わった男がどうしようもなく好きなんだと再確認させられる。

触れられてもいない体が熱を持つ。もじりと動かしてしまった腰の中心が熱く昂ぶり、身につけたままの服の中で自身がじわりと濡れてくる。

唇を濡らす浦木の浮き上がってくる先走りを、じゅっと音を立てて啜《すす》り上げた。

「……やば…い」

引っ掴んだままの髪を、浦木は軽く揺する。

「なぁ……名久井さん、もうやばい…って」

なにがやばいのか、名久井にも判っていた。

「んっ…んっ……」

濡れた音が激しく響く。溢《あふ》れる雫《しずく》をもう飲み下せない。喉を圧迫される微《かす》かな呻《うめ》きを交えながら、顔を上下に動かす。傍らでドサッと響いた音に、名久井は一瞬だけびくりとなった。

浦木が手に持ったままでいた紙袋を落とした音だった。

「……も、知らね…から……くそっ……」

男は一度だけ自ら大きく腰を動かした。

上顎《うわあご》を押し上げるように、ずるりと熱の塊が喉奥へ入ってくる。その瞬間、名久井の口腔《こうこう》はびしゃりと叩《たた》きつけられた熱い飛沫《ひまつ》に濡れた。

「んん…っ……」

自分でメチャクチャに追い立てておきながら、射精に名久井はちょっとびっくりした。

「くそっ…だからやば…っ…て、言ったのに……」

頭上から聞こえる荒い息遣い。強張りを抜き出され、解放されたと同時に口をいっぱいにした苦いものをそのまま嚥下《えんげ》したのは、ほとんど無意識だった。

口の中がまだ熱い。触れられてもいない体が火照って、冷めない。

頑《かたく》なに拒んでいたのも忘れてふらっと顔を上げた。

「名久井さん……」

戸惑う顔が自分を見下ろしていた。そのゆらゆらと惑う黒い眸に、映り込む自分がどんな表情をしているのかを悟った。

名久井は蕩《とろ》け切った眼差しで、恋しい男を見つめてしまっている自分を感じた。

「いてっ……な、名久井さん?」

立ち上がりながら乱暴に浦木の服を戻した。突然勢いよく突き放され、ドアのほうへとぐいぐい押しやられた男は狼狽した表情で見返してくる。

「ごちそうさん、まずかったけど」

「あ、あのっ……」

「いい思いできてよかったな、春綱。これで判ったろ、俺が本当に男好きなの。もう金輪際、余計な口出しすんじゃねぇぞ」

『じゃあな』と一言言い捨て、有無を言わさず追い出す。

ドアを閉めてそのまましばらく放心して突っ立っていたけれど、次第に体の力が抜けてきて、ガタンと薄っぺらなドアを鳴らして背中を預けた。

まるでへなへなとへたり込むようにその場に座り込む。

——いろいろと最低だ。

かさりと指先に触れて転がしたのは、さっき自分が踏んで揉み消した煙草の吸殻だ。

「俺、さわっ……」

——浦木に触ってしまった。

今頃になって、また心臓がドキドキしてきた。

顔が熱い。自己嫌悪しつつも、喜んでいる自分もいる。こんなこと、二度とない。一度だってあると思っていなかった。

ますます気味悪がられただろうけど、一生の思い出でもできたと思えば――

「名久井さん」

まだ湿った唇に手をやろうとして、名久井は背後から響いてきた声に丸めかけた背中をびくりと伸ばした。

「名久井さん、まだそこにいるんでしょ?」

ドアは想像以上に安っぽいらしく、すぐ後ろで喋っているかのように浦木の声はクリアに聞こえる。

「あのさ……あの、判った。あんたが変えられないってんなら、ゲイを止めさせるのは諦める」

名久井は無言だった。場合によってはこのまま聞いていない振りをする、ずるい構えだ。けれど、次の言葉は無視できなかった。

「その代わり、セフレなら俺にすればいい」

思わず振り返り、白いドアを仰いだ。

「なっ、なに言ってんのおまえ?」

またた。また浦木がおかしなことを言い出した。

こっちは部屋でも向こうは通路。そんな話のできる場所でないのも、すっぱり頭から抜け落ちるほど動揺した。

「だってセフレって誰でもいいからセフレなんでしょ？　だったら俺でもいいじゃないですか」

「おまえ、自分の言ってること判ってないだろ？　なにトチ狂っちゃってんの？　俺にヤられて頭おかしく……」

「狂ってませんよ。こんなこと、誰にでもするのはよくない。絶対、よくない。名久井さんは……もっと自分を大切にしたほうがいいです」

大真面目に言われて言葉も出なかった。


『へぇ、それは随分おめでたい話で』

耳に押し当てた携帯電話から響いてきた声に、名久井《なくい》は眉根《まゆね》をぎゅっと寄せた。

「西脇《にしわき》さん、声が棒読みなんですけど。ていうか、話ちゃんと聞いてなかったでしょ？　今の話のどこがめでたいって言うんです」

『なんだ、俺は惚気話《のろけばなし》を聞かされてたんじゃないのか？』

西脇が電話を寄こしてきたのは、木曜の夜だ。

浦木《うらき》にセフレ宣言をされた翌日。仕事を終えて家に帰ったばかりの名久井は、買ってきたコンビニ弁当をレンジに突っ込みながら話をしていた。

「あのバカ、自分を大切にするべきとか言って……」

『うわ、なにその臭《にお》うセリフ。おまえの好きな男って、キンパチ先生だったのか。ああ、キンパチはセフレになろうなんて言い出さないって？』

完全にネタ扱いだ。一人でボケたり突っ込んだりする西脇を、名久井は構う余裕もなかったけれど、一頻《ひとしき》り男は笑ってから告げた。

『セフレだろうが、好きな奴とやれるんならよかったじゃないか』

「そんなの……最初は嬉《うれ》しくても、どうせ虚《むな》しくなるだけでしょ。あいつはなんにも考えてないんです。ただその場の勢いで、俺を更生させようなんて思ってるだけですよ？」

まるで怪しいセールスの対応でもするかのような疑心暗鬼ぶりだ。

『ま、おまえが断るってんなら、俺はそれに越したことはないけどな』

「どうしてです？」

西脇は一瞬沈黙し、電話の受話口からは溜《た》め息とも笑いともつかない息遣いが響いてくる。

『おまえって、ホント自分のことになると途端に鈍いよな。片思いくんにヤってるとこ見られて、あれから俺を頼ってくんのかと思ったら音沙汰《おとさた》ないし。痺《しび》れ切らしてこっちから連絡してみれば、セフレの座まで奪われそうになってるし』

「西脇さんは順番待ちするくらい相手はいるでしょ？」

『残念ながら、俺にも好みってものがあってね』

面白くなさそうに西脇は言う。

それは西脇の好みに自分は合っているということか。そういえば、相性がいいとかなんとか最中にも何度か言われた気がする。

『恋路を邪魔するほど野暮じゃないんで、大人しく順番を待つけどね』

「こ、恋路って……」

西脇は思わせぶりなことを言って電話を切り、名久井はレンジで温め中のコンビニ弁当も放ってベッドへ向かった。

脇に置いていたのは、昨夜玄関に残された浦木の秘蔵コレクションだ。ベッドに腰かけ、紙袋からグラビア雑誌を引っ張り出す。

ふと浦木の好みはどんなのだろうと思った。

ご丁寧に並んだ色とりどりの付箋《ふせん》。赤が一押しだか、オレンジが急上昇中だか知らないが、とにかく気に入りだろうと開いてみて名久井は『うっ』となった。

「……あのバカ」

浦木が男を受け入れる余地があるのかなんて、ちらっとでも考えそうになった自分を呪《のろ》いつつ、悪態をつく。

「みんな胸のデカい、チョイ童顔じゃないかよ。掠《かす》りもしてねぇし」

居酒屋の隅の席は、名久井の燻《くゆ》らす煙で天井にはうっすらとまた雲がかかっていた。吐き出す煙ではない。さっきからずっと細く立ち上り続けている、煙草《たばこ》の先の煙だ。指に挟んだまま忘れられた煙草は、今にもぼろっと崩れそうなほど灰も長く伸びている。

名久井が観察しているのは、目の前にいる男だ。

「……春綱《はるつな》、美味《うま》いか？」

子供を見守る母親が尋ねるような調子で問うと、ご機嫌でイカの足を頬張《ほおば》っている男は、ビールで豪快に流し込みながら応えた。

「やっぱここのイカげそ揚げは最高ですね。このところ名久井さんと飲みにも来てなかったから、ご無沙汰でもう」

「あ……そう」

無邪気に喜んでいる顔を見ると、もしやこいつはただ飯の相手を失うのが嫌で、あれやこれや説得にかかっていたのではないかと疑ってしまう。

「お子様だな。飯ぐらい食いたきゃ一人でどこでも行けるだろ、いい大人が情けな……」

「名久井さん、灰っ！」

「え？」

無意識に口元にフィルターを運ぼうとしていた名久井は、指摘されて崩れ落ちたものに気がついた。時すでに遅し、テーブルの上で散った灰にバツの悪い思いを味わう。

「あーあ、飯にかからなかったですか？　煙草ばっか吸ってないでちゃんと食べてくださいよ。そんなんだから、いつまでも細っこいままなんです」

形勢逆転、浦木のほうが成長期の子供の母親のようなことを言う。

名久井はぼっと頬が熱くなった気がして、そっぽを向いた。灰を零《こぼ》したからでも、子供扱いされたからでもない。他意なく口にしているのだろうけれど、自分の体を知っているようなことを浦木が言ったからだ。

もう、二週間以上になる。

セフレに収まってからだ。

なんだかんだいいつつ、あまり変化のない関係――いや、むしろ浦木の甘えが助長している気がする。

腹を膨らませて店を出たのは九時前だ。夏ならまだ宵の口気分の時間だけれど、季節はもう冬。月も十二月に変わって、夜はジャケットの薄着では寒さが身に沁《し》みるようになってきた。

自然と早足になる名久井に浦木はどこまでも並んで歩き、アパートに辿《たど》り着いても飼い犬であるかのように一緒に階段を上り詰める。

「春綱、なんでおまえ俺の部屋に来る気満々なの？」

「え、だってまだ時間早いし。名久井さんちで飲み直すんじゃないんですか？　俺たち、セフレでしょ?」

　やや小首を傾《かし》げ気味ににっこりと笑む仕草は、百八十センチ超えの身長の男には似合いもしないし、気持ち悪いだけだ。

「おまえ酔ってるだろ?」

　ドアを開けると、飼ってもいない犬はするっと部屋に上がり込む。

「あっ、冷蔵庫勝手に開けんな!　ビール飲みたいなら金払え」

「先輩、セコイっすよ」

「都合のいいときだけ後輩面すんなよ。百円にまけておいてやる……いや、上の段は三百円だ」

　狭いキッチンでしゃがんだ浦木の手が、冷蔵庫のビールの上段にすかさず伸びたのを見逃さなかった。下は発泡酒だが、上に並んでいるのは今やプレミアムな扱いの本物のビールだ。

「先輩、三百円はぼったくり」

「俺のご褒美ビールだ、高いに決まってる」

「ご褒美って……特別な日用ってこと?　可愛いことやってんですね」

「かわ…っ……」

「はい、じゃあ名久井さんはご褒美ビール。今日もお仕事『よく頑張りました』で賞」

　不覚にもへにゃへにゃした男の笑顔に、少しときめいてしまった。赤くなった気のする頬にひやっとしたビール缶を押し当てられ、名久井はむすっと言う。

「おまえ、なんかムカツク」

「え、えっ、なんで？　労《ねぎら》ってるのに」

本当に判っていないのか。害のない犬コロの振りして、自分をからかって弄《もてあそ》んでいるのではと疑い深く思う。

「元から俺の買い置きのビールだ、おまえが偉そうな顔すんな」

素っ気なく言い捨て、缶を奪い取った名久井は奥の部屋へと向かった。遠慮したのか発泡酒を選んだ男と、窓際の小さなローテーブルの前へと並び座る。

「仕事、だいぶ片づいたんじゃないですか？　旭《あさひ》町のカフェも、もう週末オープンでしょ？」

「ああ、まぁ……けど、来週また面倒なのが入ってるから」

「え、大口の仕事？」

「いや、べつに大口じゃないんだけどさ……」

自然と溜め息が零れる。

「いつもの駅裏のグレーのマンションだよ。また空室出たって……ありがたい話なんだけどね。今予定いっぱいっつってんのに息子は俺じゃなきゃってごねるし、父親のほうは次の入居者が決まってるから急ぐって言い出すし、軽く板挟みっていうか」

「ふーん、それって名久井さんじゃなきゃダメな理由はないんですよね？」

缶ビールを傾けて喉《のど》を鳴らしつつ話を聞いていた浦木は、さらっと告げた。

「じゃ、俺行きますよ」

「え？」

「来週、俺が行ってきます。賃貸のクロスくらいなら、名久井さんに負けない自信ありますよ」

名久井はプルトップを起こしかけた手を止め、少し考えてから首を横に振った。

「やめとけ。息子がヘソ曲げてグチグチ文句言うのがオチだぞ。あの男、なに考えてるか判らないとこもあるし、首突っ込んでおまえまで面倒なことになっても……」

「大丈夫ですって。俺の営業スマイルも捨てたもんじゃないんですよ、任せてください」

大きな口でにかっと笑って見せる顔は、やや胡散臭《うさんくさ》いが爽《さわ》やかだ。女性オーナーならころっと落とせるに違いないけれど——

「とにかく名久井さんはもう行かないほうがいいです。なんなら俺から社長に話通しましょうか？」

「え、社長に？　なんで？」

「なんでって、普通じゃないでしょ。どうやら狙《ねら》われてるってのに、名久井さん、自分が男だからってガード甘くなってやしませんか？　もし女だったらそんな怪しい奴のとこには危なくて行かないでしょ？　社長だって行かせませんよ」

驚いた。本気で自分を心配して言っているらしい。

「べ、べつにまだなにかされたわけじゃないし」

「されてからじゃ遅いっしょ」

「もう飽きるさ、俺なんかそこまで執着するほどのもんじゃないだろ。美少年じゃあるまいし。あの男、目が腐ってんじゃねぇのか」

ぷしっと音を立てて缶を開け、ビールを勢いよく呷《あお》った。普段どおりのふてぶてしさを装うも、浦木はあっさりと覆す。

「名久井さんって、ホント自己評価低いな」

「は？」

「そうやって『俺なんか』ってよく言うでしょ。ずっと気になってたんですよね」

自分でも気づいていなかった癖を突かれた。

「そ、そんなのは、ただの言い回しだろう」

「そう？　口悪いし、結構高圧的な態度取ったりもするから、最初はきっつい人だなって思ってたけど、付き合えば付き合うほどガラガラ崩れて来るっていうか……自己評価高そうに見えて実は低いんだなぁって」

缶ビールに口をつけたままじっとこちらを見た男に、名久井は思わず目を逸《そ》らす。

正直、動揺してしまった。

鈍いようでいて、浦木は結構自分を見ている。おまけにこうして得意の無邪気さで踏み込んでくる。

「……つまんないところで俺を判った気になってんじゃねぇよ。ゲイなのは気づいてなかったくせして」

「それとこれは別です……っていうか、ゲイでも灰色マンションの男は名久井さんの守備範囲じゃないんですね？」

「俺にだって好みくらいある」

「名久井さんの好みってどんなんすか？」

さっくり問い返され、名久井は飲みかけのビールを噎《む》せ返しそうになった。

手鏡でも持って来てやろうかと思ったが、もちろんそんなふざけた行動は起こせるはずもない。答えたくないとばかりに知らん顔でいると、どこか不貞腐《ふてくさ》れたような声で浦木は言った。

「結構、メンクイですよね」

一瞬、バレたかと思った。

「おっ、俺は顔で選んでるわけじゃ……」

「あと、ちょっとインテリそうな奴？」

「インテリ？」

「メガネとかスーツとか、そういうの」

浦木はふいっと顔を背けた。明らかに面白くなさそうな横顔に記憶を探れば、いくつかの単語から一人の男が導き出される。

「西脇さんはそういうんじゃないよ。ただのセフレだって言ったろ？　あの人はなんていうか……俺にいつも付き合ってくれてるだけだ。物好きっていうか……面白がられてるのかもしれないな」

西脇が浦木について知っているのは、自分がしたたか酔っていてうっかり話してしまったからだ。

出会って数時間後だった。どうせその場限りの行きずりの相手と油断しているところに、『今晩付き合ってよ。遊んでくれるなら、誰かの身代わりでもいいから』なんてあの飄々《ひょうひょう》とした調子で、するっと懐に西脇は入り込んできた。

「……春綱？」

あのとき身代わりでもいいから欲しいと願った男は、今自分の目の前でなにやら拗《す》ねた態度だ。飲み終えたらしいビールの薄っぺらな缶を、ぺきっと鳴らして潰《つぶ》したりしている。

「なんだよ、どうした？　耳が下がってんぞ」

「耳？」

「いや、おまえなんか犬っぽいとこあるからさ」

むっとした顔で浦木はこっちを見た。テーブルに缶を置き、一歩身を乗り出してくる。ぐっと接近した顔に、名久井は思わず身を引かせた。

「名久井さん、今日はしないんですか？」

「な、なにを……ああ、いい、あんまその気にならないし」

「せっかく会ったんだし、しとけばいいじゃないですか。あんまり溜まってないからって数日放置すっと、一気に溢《あふ》れて後悔しないとも限らないでしょ？」

「俺の性欲は洗濯もの扱いかよ」

照れ隠しに言うも、飲みかけのビールを奪われた。

やけに乗り気な男に戸惑う。あれから何度か触り合うくらいはしたけれど、回を重ねるごとに浦木のほうが積極的になっている。

なんだって急にスイッチが入ったのか。

でも、これ以上拒む理由もないので、テーブルをちょっと押し退けてその場で身を寄せ合う。あくまで欲望の解消手段でしかないとアピールするように、名久井は色気もそっけもなく浦木に触れた。

互いのチノパンとジーンズの前を寛《くつろ》げ、無造作に探り出したものに触れ合う。初めはくたりとしていた性器も、他人の手で弄《いじ》られ扱《しご》かれるうちに芯が通ってきた。

「……は…ぅっ……」

そのまま一息に終えてくれてもいいのに、浦木は名久井のものが濡《ぬ》れ光ってくると、ぬるぬるとした感触をまるで楽しみでもするかのように緩慢に愛撫《あいぶ》する。

「なっ、なに……?」

腰からチノパンを引き摺《ず》り下ろそうとされ、名久井は焦った。

「……脱いでください」

「な…んで?」

「だって……これじゃ服が邪魔で自由に触れないし」

「さ、触っ…てるだろ、今……」

「もっと……ほかのとことか……」

屹立《きつりつ》の先端から根元へと大きな手が這《は》い下りる。浦木は長い指をファスナーの終点の先へと捻《ね》じ込んでこようとしたが、細身のパンツが阻んで上手《うま》くはいかなかった。

「どこ、さわっ……」

奥へと触れたがる手に、名久井は戸惑い身を竦《すく》ませる。

低くなった男の声が、ぼそりと響いた。

「……だって……あいつとは、もっとほかのこともやってた」

ほかのこと、がなにを指しているのかはすぐに判った。想像しただけで、じわっと頬や耳朶《じだ》や、もっと体の秘めた部分が熱を持つのを感じながらも名久井は首を振る。

「いい、おまえはそんなことしなくて」

「なんで？　俺、できますよ？　ちゃんと、調べたから……どうやって慣らしたらいいとか、どこが……気持ちよくなるとか」

浦木に言われているというだけで、体がぞくぞくする。判っていてそんな囁《ささや》きを聞かせているのだとしたら質《たち》が悪いけれど、浦木にはきっとそんなつもりはない。

「……やりたくない」

名久井は震えそうになる声で返した。

「え……なんで？」

「あれは……西脇さんがしたがっただけだ。俺は……後ろ使うの、あんま好きじゃない……」

嘘《うそ》だ。本当は前だけでイクより好きなくらい慣れている。でも、そんなことは浦木には知られたくなかったし、こんな形で寝てしまうのはやっぱり怖いと思った。

勘違いしそうになる。

浦木は恋人じゃないのに。

「でも……」

「俺がヤだっ…つってんだから、必要ないだろ？　男が好きなのは……俺だけなんだし」

「それは……そうなんですけど、これじゃただのマスの掻《か》き合いっていうか……」

不満そうにしつつも浦木が認めたことに、胸がチクリと痛んだ。この気の優しい職場の後輩は、男が……自分が好きなわけじゃない。

「……いいじゃん、一人でするより気持ちいいだろ?」

冷やりとなる心を誤魔化《ごまか》し、名久井は浦木の昂ぶりに触れた手を大きく動かす。

「……あっ、ちょっと……」

「バカ、女みたいな声……上げんなよ」

「名久井さんも……」

「……うっ……」

お返しと言わんばかりに、卑猥な手つきで煽《あお》られたが名久井は息を詰めただけだった。

快感を享受しつつも、唇を噛《か》んで声を堪《こら》える。聞かせたくない。快楽が膨らむほどに浦木の目を見ることからも逃げ、顔を深く俯《うつむ》かせた。

互いの手の中で、膨張したものが出入りする様を見つめ、名久井は時折熱を逃すように大きく息をつく。包み込む男の手の中から、濡れて薄赤く染まった先っぽが見え隠れした。

出たり入ったり。甘い刺激がうずうずと腰に蟠《わだかま》り、ともすればカーペットの上の尻を揺すってしまいそうになる。

浦木の左手が、自分の後頭部を彷徨《さまよ》っているのを感じた。頭でも撫《な》でられるのかとぼんやり思ったけれど、急にくいっと引っ張られて驚く。

「……な、なに?」

「え?」

「え、じゃ…ねぇよ、俺の髪…今っ…引っ張っただろ?」

どういうつもりなのか。否応なしに顔を上向かされ、ふらっと近づいてきた顔に軽くパニックになる。

「ちょっ……はるっ、つな……な、なんだよ?」

「なにって……キス、しないの?」

「し、しな…いだろ、ただのセフレなんだから」

「え……でも、なんかそんなの物足りなくないですか?」

そんな意外そうな顔をされても、こっちがびっくりだ。

キスなんかしたら、絶対後戻りできなくなる。勘違いするなと自分にブレーキをかける名久井は、視線をまたすっと落として言った。

「いいから、さっさと終わらせよう」

促して互いに愛撫を再開したけれど、なかなか素直に感じることができなかった。


師走に入ってからの日々は、一日がまるで倍速になったかのように駆け抜ける。

水曜日の午後。どうにかランチタイムに滑り込んだ商店街の定食屋で日替わり定食にありつき、名久井は満足して店を出た。歩き出すとほぼ同時に着信音の鳴った携帯電話を開くと、届いていたのは浦木からのメールだ。

件名、『デート』。

本文を開き見る前から『うっ』となる。

『お疲れさまです。ホテルのクリスマスディナーのタダ券、ペアでもらったんですけど一緒に行きませんか?』

——だから、これはセフレのメールじゃないだろ。

ドライな関係に陥るどころか、ますますウェットに始終構ってくるようになった気のする浦木は、『デート』の誘いに留まらず、朝な夕なに大した用もないのにメールを送ってくるようになった。『おはよう』とか『おやすみ』とか、そういうやつだ。一応文面は敬語だけれど、明らかに今までと違う。

「あいつ、やっぱ全然判ってないっていうか……」

事務所に足早に戻ろうとしていた名久井は、ふと商店街の浦木の実家のほうへ目を向けた。

浦木インテリア館のガラス張りの入り口付近には、商談スペース……であるはずのテーブルセットがあり、近所のご婦人たちの憩いの場になっている。

今もスーパーの白いレジ袋を傍《かたわ》らに置いたご婦人が二人。『オホホ』だの『アハハ』だの聞こえてきそうな笑顔で話をしており、その視線の先にはソファを小さく見せている長身の男がいた。

浦木は名久井に気づいてガラス越しに尻尾《しっぽ》……いや、手をひらひらと振って見せる。小脇には思わず二度見してしまう物体を抱えていた。

「なにやってんの、おまえ？」

開け放しの入り口から中に入る。

「あら、ツクダさんとこの」

背後を振り返った主婦二人が、すかさず反応してきた。名久井は笑みを浮かべて軽く会釈し、とくに挨拶《あいさつ》をしたつもりもないが、浦木の腕の物体までもが『ばぶー』と機嫌よく応えた。

「どうしたんだ、それ……その赤ちゃん」

意表を突かれて入ってしまったのは、丸々とした赤子を浦木が抱いていたからだ。

「見てのとおり、あやしてるんですよ。お客さんの娘さんが奥でオーダーカーテンを選んでくれてるんで、その間ここで機嫌を取ってるんです」

「春ちゃん、私より子守りが上手だわぁ。やっぱり嫁姑《よめしゅうとめ》の仲が悪いと、伝わってしまうのかしらねぇ」

ソファに座った婦人の片方が、さらっと怖いことを言ってくれる。

「赤ん坊のときはあんなによく泣いてた春ちゃんが、子供をあやせるようになるなんて」

「やめてくださいよ、昔話は。もう俺もいい大人なんですから」

「あらあら、褒めてるのよ。気が利くし、ハンサムだし、オバサンの話だってちゃあんと聞いてくれるし。まだ独身の妹の旦那に欲しいくらいだわ」

「だめだめ、こないだユキエさんも同じこと言ってたわよ。浦木さんとこの春ちゃんが娘婿に欲しいって。うちだって娘がいたら来てほしいわぁ。春ちゃんの子だったら、どんなに可愛い子が生まれるか」

本人そっちのけで繰り広げられ始めた会話に、さすがに浦木もどうしていいのか判らないのか、笑って誤魔化している。

「あはは、ありがとうございます。一応、礼言っておいたほうが、いいですよね？」

名久井は傍らに突っ立ったまま、それらのやり取りをただじっと見ていた。

「あ、名久井さん、座りませんか？」

「……いや、俺は事務所に帰るから」

帰って、裏手の喫煙スペースでじめじめした冷たい空気にでも当たりながら、一服しようと思っていたところだ。

「せっかく来たんだし、少しくらい。ほら、虎丸《とらまる》くんも名久井さんに居てほしいって……」

今時の珍妙な名の赤子は、浦木が名久井のほうへ掲げると一瞬手を伸ばしかけたが、今にも泣き出しそうなしかめっ面をしてジタバタとぐずった。

「おっ、名久井さんより俺が好きか？」

「煙草臭くて嫌なんだろ、俺は……」

とっとと先に退散しようと思ったところ、奥から女性の声が響いた。

「お義母さん、すみません待たせてしまって〜」

客の娘はカーテン選びをすませて戻り、名久井が店を出ると浦木も追ってきた。

「べつに俺に合わせなくてもいいのに」

「俺もそろそろ事務所に戻らなきゃって思ってたし。昼飯食った帰りだったんすけど……あっ、そうだ名久井さん、さっき送ったメール見てくれました？」

商店街のアーケードの下でもきらきらと輝く眸《ひとみ》の男に、期待に満ちた表情で問われ、名久井は素っ気なく応える。

「見たけど、ディナーっていつ？」

「クリスマスなんだから二十四日に決まってるでしょ。あ、二十五日でもいいみたいですけど」

「アホか、じゃあ駄目に決まってる。なんでそんなカップルによる、カップルのための、カップルだらけの店におまえとメシ食いに行かなきゃならないんだ」

「え、だって俺らセフレでしょ？」

学校帰りの子供たちも往来する昼日中の商店街の真ん中で、まるで相応《ふさわ》しくない単語を躊躇《ためら》いもなしに言ってくれる。

「春綱、おまえはセフレの定義がおかしいんだって。セックスをするお友達。それ以外に用のない関係だろ」

「セックスもする友達じゃないんですか？　普通の友達より親しいってことでしょ？」

浦木らしいと言おうかなんと言おうか、ポジティブ過ぎる解釈に名久井は溜め息をつかざるを得ない。

「つか、その定義って誰が決めたんです？　いちいち線を引かなきゃならないとこなんすか？　いいじゃないですか、せっかくもらったんだから二人で行っちゃえば」

ほら、と作業着の胸元からディナーチケットを浦木は取り出した。名久井の手前で鬱陶《うっとう》しい後ろ歩きをしながら、ひらひらと揺らす。

「嫌だ、行かない」

「はぁ、つれない人だなぁ。俺は灰色マンションだって名久井さんのために行って、クロス貼ってきたってのにさ」

すっかり固有名詞のように飛び出してきた単語に驚く。

「ホントか？　あの男、なにか言ってなかったか？　息子にも会ったんだろ？」

「うーん、特には……すぐに来れるのは俺だけだったんでって言ったら、なんにも……まぁ、不満だったんでしょうね。帰りに最上階の家に寄って声かけたら、息子は出てこなくてお袋さんに対応されましたけど、そんだけです」

「そっか……ならよかった。ありがとうな」

ほっと胸を撫で下ろす。

浦木はしつこく食い下がってきた。

「だからさ、クリスマスディナー……」

「それとこれは別だ」

「ちぇ、せっかくのタダ飯なのに。名久井さんってホント冷たい」

――冷たいのはどっちだ。

人の気も知らないで。

婿入り先まで引く手あまたの男に、期待しそうになる。

どこまでもうざいほどにキラキラ眩《まぶ》しい男。素直で優しい性格は、赤子から主婦まで誰にでも好印象を持たれる。

赤子にさえ、そっぽを向かれる自分とは大違いだ。

――いや、赤子だからか。

きっと無垢《むく》だからこそ、敏感に察するのだろう。異質であるということ。ゲイのすべてがそうだなんて思わないけれど、自分は親だって泣かせた身だ。

一人息子が同性愛者で、男とそういう関係を持っていると最悪の形で知らせた。

あの先輩と付き合っていたときだ。誰も帰って来ないはずの家で、先輩と行為に及んでいたところ、出張中の父親が一日早く帰ってきた。

本当は少し嫌な予感がしていたけれど、拒んで先輩に失望されるのが嫌だった。

嫌われたくなかった。好かれていたかった。恋を取った結果、父親には勘当を言い渡された。すぐさま現実にはならなかったけれど、そのことが決定打となって親は離婚し、今や一家は離散状態だ。

いくら冷え切った家族だったとはいえ、親を傷つけてしまった。

だから、これは案外罰なのかもしれないなと思う。

片思いしかできない相手を好きになってしまったこと。

こんな歪《ゆが》んだところの一つもない、どんな場所でもド真ん中で大手を振っていられるような男に、自分がやらせていることときたら最悪だ。後ろ暗い秘密の関係なんて、浦木にはまるで似合わない。

「名久井さん」

隣から呼びかけられ、名久井は胡乱《うろん》な顔を向けた。

「あ?」

「今、なんかめんどくさいこと考えてるでしょ?」

名久井はどきっとした。前にも自己評価がどうとか、意外に鋭いことを言ってのけた浦木だ。

「まぁな。おまえって、煙草臭いのより乳臭いのがつくづくお似合いだなって」

「へ……ちょっと、名久井さんまで近所のおばちゃんみたいなこと!　俺はもういい大人なんですからね！」

心外だと憤慨する浦木に名久井は苦笑する。

「バーカ、褒めてんだよ」


夜、名久井はコインランドリーにいた。

いつの間にかガラス壁はスノースプレーの白いトナカイがソリを引き、入り口には安っぽいクリスマスツリーまで出迎えている。

コインランドリーで感じるクリスマスムードほど侘《わび》しいものはない。

名久井はおかげで、忘れていた昼間の浦木の誘いを思い出させられた。

「くそ……週末まで洗濯くらい我慢すればよかったな」

乾燥を終え、生暖かい荷物を肩に引っ提げて表に出た名久井は、寒さに肩をいからせて歩きながらぼやく。

仕事帰りに一念発起。電器屋に寄ってついに洗濯機を購入したのだけれど、配送は日曜日になると言われてしまった。

もう、浦木の家で洗濯機を借りるのはやめようと思った。和解でもするみたいにセフレになってから、また何度か借りてしまっている。

家路の途中で通りかかった浦木のマンションは、見上げると部屋の明かりが消えていた。まだ寝る時間には早い十時だが、出かけているのか。

寄るつもりもない名久井は足早に過ぎる。自宅の手前まで来たところで、背後に車が近づいてきた。道を譲ろうと路肩に身を寄せれば、ウィンドウを下げた運転席の男に声をかけられる。

「お兄さん、乗って行かない？」

ナンパな口調に振り返れば、知った顔だ。

「西脇さん……」

「近くまで来たんで、ついでに満《みつる》の綺麗《きれい》な顔でも拝んで帰ろうかと思ってね」

送ってもらうほどの距離ではなかったけれど、立ち話をする場所でもないので助手席に乗り込む。

「その荷物どうしたの？」

「ああ、洗濯ものですよ。今うち、洗濯機壊れてるんで」

「なんだ、思い詰めて旅にでも出るつもりだったのかと思ったよ」

仕事帰りらしいスーツ姿の男は、車をゆっくりと走らせながらしれっとした調子で言う。からかっているのか、少しは本気で心配しているのか。ハンドルを握る横顔は、車内が暗いこともあって表情までは判り辛《づら》かった。

「暗い顔して歩いちゃってさぁ。おまえ、交差点で俺の車の前通ったのも気づいてなかっただろ？」

「あ……」

国道の信号でもニアミスしていたらしい。

「音沙汰なしだし、ご指名もないからあいつと上手くいってるのかと思えば」

「上手くいくわけないでしょ。あいつはノンケなんだって、何度言えば……」

「じゃあ、俺につけ入る隙《すき》はまだあるってこと？　今から家に寄ってでも？　なんなら、俺のとっておきのテクで洗濯ものでも畳んでやろっか」

冗談としか思えない内容と、本気であるかのような声。

名久井は気が抜けて小さく噴き出した。

車はアパート前の小さな空きスペースに停車する。降りた名久井はドアに手をかけ、車内の西脇に笑いながら言う。

「まぁ、茶ぐらいなら出しますけどね、それ以上は……」

ふと、視線を感じて身を起こした。

月光に鈍く光る車のルーフ越しに、アパートの階段を下りてきた男と目が合う。

「は、春綱」

コンビニやらの帰りに、ふらっと浦木が自分の部屋を訪ねるのは、最近では珍しくない。

名久井が驚いたのは、その顔が見たこともない険しい表情をしていたからだ。

月明かりと影のコントラストのせいだけじゃない。フロントガラス越しに西脇を見据えた眼差しは、いつもの誰彼となく愛嬌《あいきょう》を振り撒《ま》く浦木ではない。

「なんでそいつと一緒にいるんすか?」

「え……」

惚《とぼ》けたわけではなく、驚きにそれしか声が出なかった。またそれが癇《かん》に障ったらしく、浦木は声を荒らげる。

「なんでそいつの車に乗ってんのかって聞いてんですよ! どういうことですか? なんでそいつ、家に呼んだりしてんですかっ?」

「よ、呼んだわけじゃ……」

車内の西脇を見た。同じく呆気《あっけ》に取られている様子の男と目が合う。目配せし合っているとでも思ったのか、こちらへ歩み寄ってきた浦木にぐいっと腕を引っ摑《つか》まれた。

所有でも主張するかのように車から引き離そうとする男は、理不尽としか思えない苛立《いらだ》ちをぶつけてくる。

「そいつとは切れたんじゃなかったんですか?」

「春綱、ちょっと落ち着け……」

「今名久井さんが付き合ってるのは俺じゃないんですか!?」

唖然《あぜん》としている西脇の存在も、周囲も顧みない。静かな路地に響く声さえ浦木は気にも留め

ずに感情をぶつけてくる。

「春綱、やめろよ」

この辺りのご近所なんて、商店街と同じだ。浦木を知る住人もいくらもいるのに、そんなことは頭の片隅にもないのだろう。

名久井はその手を振り払った。

「おまえ、なに熱くなっちゃってんの？　子供が友達取り合うんじゃないんだからさ……誤解されるようなこと言うのやめろ」

「友達ってっ……」

「だいたい付き合うって、俺らそういうんじゃないだろ？」

憤る浦木の顔は、怖いというよりも別人のようで、名久井は見ていられない。

髪をくしゃりと掻き上げ、名久井はぽろりと本音でも零すみたいに言った。

「……駄目だな。やっぱ、おまえじゃしっくりこないわ」

「名久井さん？」

「あのさぁ、セフレってべつに一人じゃなくてもいいって、おまえ判ってる？」

浦木が言葉を失ったのが判る。

名久井は半開きの車のドアに手をかけ、まるで西脇を選んだかのような素振りをした。

「もうやめよう。おまえ向いてないよ」

自分から持ちかけながら、顔を見られなかった。

「クリスマスも近いんだし……おまえはさ、今までどおり新しい彼女でも見つけたほうがいい」

浦木が踵《きびす》を返して初めて、その姿をまともに見ることができた。

路地を足早に遠ざかっていく背中。前のめりになるほど勢いよく自分の元から去っていく男の姿に、ほっとなるはずの胸は急激に痛んだ。

「なにやってんだか」

角を曲がって姿が見えなくなっても、呆然《ぼうぜん》と立ち尽くしたままの名久井に、西脇が独り言のように言う。

「あ……すみません、なんか驚かせて……」

車中の男は降りる気配もなく、運転席のシートに背中を深く預けたまま応えた。

「俺に謝られてもね。まぁ、俺も結構振り回されちゃいるけど」

こちらを西脇が仰いだ。フロントガラス越しに差し込む月の光に、男のかけた眼鏡が反射し、どんな目で自分を見ているのか判らない。

「満、おまえってホント鈍いよな」

西脇は皮肉っぽく口角だけを上げて笑った。

「ああ、鈍いんじゃなくて疑い深いのか。鈍さと慎重さが紙一重とはね。もう少し人の好意に敏感にならないと、幸せになれないぞ」

「幸せ？」

「それだけじゃない。他人まで巻き込んで不幸にする」

「え……」

「おまえが自信持って好きな男をとっ捕まえないから、俺はいつまで経ってもおまえに期待しちゃうだろう？」

いつもの軽口なのかと思った。

「西脇さん、またそんなこと言って、俺なんか遊び相手……」

音もなく光のカーテンが失せた。夜空の月を薄い雲が覆い隠し、反射して見えなかった西脇の眼鏡の奥の眸が少しだけ覗《のぞ》けた。

名久井は言葉を失う。

「そういうおまえの見た目に合わない卑屈なとこも、結構気に入ってたけどね」

「あ、あのっ……」

「ドア閉めろ、帰るわ。俺はキューピッドになるまで付き合うほどお人よしじゃないんでね」

言われるままドアを閉じると、西脇は停めたばかりの車を本当に動かし始めた。その真剣な眼差しを目にしてもなお、『冗談だよ』なんて言って車を戻すんじゃないかと名久井は少しだけ想像した。けれど、西脇はスピードを緩めることさえしなかった。

浦木とは反対方向に去っていく車のテールランプを最後まで見送り、名久井はのろのろと動き出す。

玄関ドアを開けたところで、荷物をその場に放り出した。

明かりだけが灯る部屋は静かだ。名久井は無音に堪えかねて手に取りかけたテレビのリモコンより、身につけたままのコートのポケットの煙草を探り出すことを選んだ。

安っぽいアパートにベランダはない。からりと開けた窓にもたれ、煙草に火を点《と》す。

肺を満たす煙に安堵感《あんどかん》を覚えたのは最初だけで、すぐに後悔だの自己嫌悪だの負の感情が溢れんばかりに湧いてきた。

部屋に西脇が居てくれたら余計なことは考えずにすんだのかもしれない。けれど、それはもう求めてはいけないのだと理解した。

浦木にも西脇にも、自分は酷《ひど》い行いをしたのだ。

西脇の言葉が、謎《なぞ》かけのように頭に甦《よみがえ》る。

幸せになれない。

——なれるはずがない。

好きな男を傷つけた。たとえ友情でも、自分を慕ってくれる男であるのは確かなのに。

傍に居させてはいけない男だと拒絶し、それが正しい行いだと信じるなら胸を張ればいいのに、言った傍から後悔して勝手に落ち込んでいる。

「……最低だなぁ」

自分が最低で面倒臭くて嫌になる。

窓枠に片腕を投げ出す名久井は、特に見るものもない部屋を見つめた。部屋は整理整頓できても、自分の中はいつもとっ散らかっていて、ごちゃごちゃだ。

心の中を片づけきれない。

片づけようとする傍から散らかっていき、雑然とした中で途方に暮れる。

「最低だ」

名久井はもう一度そう呟《つぶや》き、冷たい夜気が咥《くわ》え煙草の煙を揺らした。

風に散らされた煙が目に沁み、視界がぼやけた。


早速罰でも当たったのかもしれないな、と思わされたのは、翌日の夕方だった。

その日の仕事を終え、事務所に戻ろうと社用車のバンに乗り込んだところ、携帯電話が鳴った。

事務の女性社員の滝野《たきの》からだった。

『浦木さんに電話をしたんですけど、繋《つな》がらなくて。先方は担当は名久井さんだって言ってるんですけど……どうします？』

沼田《ぬまた》のクレームだ。

浦木のクロスの仕上げに問題があると言っているらしいが、驚きはなかった。こんなことになるんじゃないかと、薄々予想していた気がする。

『社長に相談しましょうか？　もうすぐ社長も帰ってくると思うんで』

「いや、今から僕が行ってくるよ。社長や浦木くんには言わなくていいから」

『でも……』

「僕が行かないと、どうせまたごねるに決まってるから。悪かったね、もう定時過ぎてるのに」

礼を言い、電話を切った。

浦木を頼るわけにはいかない。昨日の今日だからとか、今朝は自分のほうが逃げるように客先へ直行してしまったからとか、そういう問題ではない。

浦木の施工ミスなんて、絶対に嘘だと思うからだ。

会社へは戻らずに、そのまま沼田のマンションへ向かった。重い気分とは裏腹に、夕飯時のファミリー向けのマンションは食事のいい匂いが通路に漂い、家族団欒《だんらん》の声も聞こえてきたりして少し気が抜ける。

沼田は部屋で待っていた。

三階の空室だ。外はもう真っ暗だが、ご丁寧に部屋にはついていないはずの照明まで天井から下がっている。

今すぐに直せということらしい。

「確かに浮いてはいますけど、沼田さん、これは施工の問題じゃありませんね」

状態は仕上げの荒さなどではなかった。クロスの合わせ部分が浮いて下地が見えている。継ぎ目をローラーでしっかりと圧着するのは基本中の基本……というより、素人のＤＩＹでもまずミスらない。

ただ捲《めく》れ上がっているのではなく、よく見れば随所で破れていた。

恐らく、カッターかペーパーナイフのようなもので無理矢理捲ったのだろう。綺麗に貼られたクロスを故意に傷つけられたと思うと、名久井の声も冷えた。

「クロスが傷んでます。施工ミスならこうはなりません」

「じゃあ、どうしてそうなったって言うんですか？」

「原因はご存じでしょう？」

振り返った名久井が見返しても、沼田の体温を感じさせない目はまるで動じない。

この状態がミスで通用すると信じているなら、それ自体が普通ではなかった。

「沼田さん、今回は直します。ですが、こういうことはもうやめにしてください。沼田さんはお得意さんですし、長年懇意にしてもらっていますから、うちとしてもこれからもいい関係でいたいと思ってますんで」

「そうですね、もちろん僕も父もそう思っていますよ」

特に反論してこないのが気味が悪い。

「……これくらいだったら、すぐに直せると思います」

ビニールクロスはバンにも常備している安価なものだった。道具も揃《そろ》っているから、さっさとすませて立ち去るのが吉だ。幸いリビングの片面だから短時間ですむ。

とりあえず傷んだクロスを剝《は》がそうと、脚立を開いた。

「名久井さん」

後ろから離れようともしない男が、煩《わずら》わしく声をかけてきて、名久井は壁を仰いだまま応える。

「はい」

「喉が渇きませんか？　お仕事お疲れになったでしょう。僕、名久井さんの好きなコーヒー、用意しておいたんですよ」

「……え？」

作業は今始めたばかり……いや、始めてもいない。

「お気遣いなく。すぐにすませて帰りますから……」

なんの嫌味かと振り返った。

沼田は缶コーヒーの缶を右手で握り締めていた。けれど、差し出すのではなく、その手は頭上にあった。

眩《まばゆ》いばかりの照明の明かりを受け、逆光に黒い棍棒《こんぼう》のように映る男の手は、なんの前置きもなく振り下ろされた。

鈍い衝撃。釣鐘にでもなったみたいに、頭がぐわんと鳴った気がした。

缶で殴られたのだということを名久井が理解したのは、天井を見上げてからだ。白い天井。無表情に見下ろす男の顔。一瞬気が遠退いたらしく、まるで記憶がスキップしたみたいに体は床に横たわっている。

淡々とした男の声が降り注いだ。

「こうなった原因？　そりゃあ名久井さんはよくご存じでしょう。あなたが原因なんですからねぇ？」

「……沼田さ…ん？」

「おまえが来ないからこうなった」

痛みを堪えて身を起こそうとすると、動きを封じるように両腿《りょうもも》の上にずしりと男は乗ってきた。

「痛…っ……ぬ、沼田さん、落ち着いてください」

「俺が落ち着いていないとでも？」

「ああ……いや、そうですね。あなたは落ち着いてる。そう、冷静な理解力のある方だと思うから言いますけど……僕に拘《こだわ》る理由はなんですか？」

「理由？」

「考えてみてください。そんなの、ありやしません。あるはずがない。僕は……つまらない男だ。ただの内装屋で……もう三十も間近だし、ニコチン依存症で部屋も肺もヤニだらけだし……これ以上値上げされたらいくらでやめようかなってのが目下の悩みなくらいで……」

刺激すまいと言葉を選んで並べた。けれど、聞く耳など到底持たない様子の男は、手にした缶コーヒーを名久井の頭の脇に叩きつけた。

激しい音。フローリングを凹《へこ》ませて弾んだ缶は、床をごろごろと転がり、壁にぶつかって止まる。

「知ってるよ、おまえが喫煙者なことくらい。俺がなにも知らないとでも？　よりにもよって、あの男を寄こしやがって」

床には脚立も倒れていた。自分が転がった際に引っかけて倒したのだろう。周囲には工具箱から溢れたものまで散乱している。

使い込んだ刷毛《はけ》と、ローラーに地ベラ。

ステンレスのパテベラとカッターナイフ——

「新しい男はよっぽど気に入りみたいだな」

「新しい……男？」

「はっ、インテリの金持ち男だけじゃ物足りなかったんだろ？」

「な、なんの話ですか？」

沼田は得意げに語りながら、床上の光るものに手を伸ばした。

「全部知ってるんだよ。教えてやっただろ？　このマンションからはおまえのアパートがよく見える。俺の部屋からはなぁ、おまえの部屋が丸見えなんだ。次から次に男を連れ込みやがって！」

昨日今日の話ではない。

沼田の口調はそう感じられた。

「俺が就職しそこなったのも、部屋に籠《こも》るようになったのも、全部おまえのせいだ。おまえが余計なものを見せつけるから、気が散って、気が散って、気が散って！」

西脇が来た際に、カーテンを閉じ忘れたことでもあっただろうか。

判らない。けれど、現に沼田は見たと言い、逆恨みじみた執着を自分に向けている。

「この淫売《いんばい》が!!」

心臓が縮んだのは突き刺さる言葉のためか、喉元に突きつけられた冷たいもののためか判別つかなかった。

冷たい。白く細い名久井の喉元に、沼田はステンレスのパテベラを押し当てた。転がる床よりもずっと冷えたそれは、氷でも当てられたかのように感じる。

これは自業自得なのか。

自分が原因であるというなら――

「そんな目で見るなよ。俺を憐《あわ》れむような目で見るな！」

自分はどんな顔をしているのだろう。

憐れんでなどいない。ただ、怖いだけだ。冷静なわけではなく、体が竦んで動かなくなっている自分を感じた。まるで金縛りに陥ったみたいに、手足の自由が利かない。

「沼田さん……」

名久井はごくりと喉を鳴らした。白い首筋に押し当てられた金属のヘラが肌を滑る。ナイフのように尖《とが》ってはいないが、その気になれば人を傷つけるのは容易《たやす》い道具。赤い血を流す自分を一瞬想像したけれど、沼田が興味を持ったのは名久井の白い肌だった。

作業服の襟元で途切れた肌の色を追うように、ヘラの角を服の合わせ目に彷徨わせる。なにをしているのかと思えば、ブツッという音と共に弾け飛んだボタンが床に転がった。

こんなことで殺されるなら割に合わないけれど、犯されるのだとしたら、自業自得と諦《あきら》めるべきなのか。今まで好きでもない男とだって関係を持ったのだから、そこに一人加わるくらいで自分はつべこべ言えるお綺麗な存在ではない。

身じろぎもしないまま、名久井はただ男の手元を見つめる。

でも、やっぱり嫌だ。

どんな理由でも、自分の行いが招いた結果だとしても。

嫌だ、俺は――

「名久井さん！」

不意に強い声が聞こえた。

玄関のほうだ。首を振ってそちらを見ようとすると、短い廊下からリビングへ飛び込んできた男の姿が目に映った。

「はる…っ……」

春綱。そう呼ぼうとしたのに、口の中がカラカラに乾いていて上手く声が出せなかった。

「きさまっ……」

沼田の顔色だけが瞬時に変わった。

浦木が傷つけられるかもしれない。そう思った途端に、硬直していた体が動いた。

駄目だ。絶対にさせない。浦木に怪我《けが》をさせるくらいなら――名久井は咄嗟《とっさ》に沼田のヘラを持つ手にしがみついた。

行かせまいと力を籠め、振り解《ほど》こうとする腕にぶん投げられそうになる。けれど、沼田は急にスイッチでも切れたように大人しくなり、がくんと腰を戻した。

「と、父さん……」

浦木の背後に、ついて入ってきた父親の姿が見えた。

皓々《こうこう》と明かりの灯る部屋には、名久井が壁に走らせる刷毛の音が響いていた。

貼りつけたクロスから空気を抜く作業だ。

「貼り直す必要あるんですか？」

手伝いながらも納得していない様子の浦木が、背後でクロスの残りをロール状に巻き戻しながら言う。

沼田親子は部屋を出て行き、空き部屋には名久井と浦木の二人だけが残っていた。

「このままにして帰れないだろ」

脚立の上で振り返ると、身を屈《かが》めた浦木が、フローリングの床に転がるなにかを指でつまみ上げたところだった。

「これもあいつにやられたんですか？」

弾け飛んだ名久井の作業着のボタンだ。

「ああ、それ……どこ行ったのかと思ってた」

「名久井さん、なんでちゃんと言わなかったんです？　クレームから揉《も》め事が大きくなっただけなんて嘘じゃないですか」

名久井は、やってきた沼田の父親には本当のことを言わずに濁した。それでも暴力沙汰に父親は目を剝《む》き、息子の所業を怒り嘆いて詫《わ》びてはいたけれど、ただのクレームからであるのと、男同士で性的暴行じゃ大違いだ。

浦木は、名久井が女性社員からの電話を受けた後すぐに事務所に戻ったらしい。

名久井がマンションへ行ったのを聞いて飛んで来たと言った。エントランスのオートロックを開けるのに大家の父親に連絡し、それで二人でこの部屋に連れ立ってきたのだと。

「もういいだろ、丸く収まりそうなんだから。あいつも親父には頭が上がらないみたいだったしなぁ」

ついと名久井は背を向ける。

浦木は引き下がらなかった。

「名久井さん！　事を荒立てたくないのか知りませんけど、それですむ問題じゃ……」

「あのさ、居場所失うのって結構辛いんだよ。それが元々大して居心地のいい場所じゃなかったとしてもさ」

脚立を降り、足元のほうまで刷毛を滑り下ろしながら言う。

庇《かば》ったものの、沼田の父親の表情は薄々なにかを感じている様子もあった。引き籠もりで、大家家業の手伝いをするかと思えば、内装業者の特定の男に執着する息子——

「それ、どういう意味ですか？」

「おまえみたいな、どこにでも居所作ってもらえる愛され系には判らないかもな。可愛い妹までいる幸せ家族で、ご近所さんにも評判の息子だもんなぁ」

浦木が表情を歪ませる。

言い過ぎだ。浦木の家族にだって見えない苦労や不幸もあるに決まっている。大人げない八つ当たりじみた言動をしたことを、すぐに名久井は後悔した。

「……悪い。なんか……思い出させられてさ。俺、父親とは縁切ってんだよ。ゲイがバレたのがきっかけでな」

思ってもみない話だったに違いない。浦木は目を瞠《みは》らせる。

「で、でもあいつに同情したからって、許していいんですか。なにも無抵抗になることないでしょ。名久井さん、逃げようともしてなかった。俺が来なかったら、あいつになにかさせるつもりだったんですか?」

「びっくりして体が動かなかったんだよ。まぁ……俺も悪かったかなって思ったのはあったけど」

「悪い?」

言わずに浦木を納得させることはできないだろう。

名久井は、随分昔から沼田が自分を知っており、自分が不用意に部屋での行為を見せていたらしいのを説明した。

「まさか自分であいつを刺激してたとはなぁ。就職失敗したとか、そこまで責任持てないけど……乱れた生活やってた俺も悪いのかって。ま、一回くらいヤられたところで減るもんじゃなし、守るほどの貞操でもないもんなぁ…って」

名久井は屈めていた身を起こし、ははっと小さく笑い飛ばす。

浦木はにこりともしなかった。一層険しくなった目をして、拾い上げたボタンを握った手で硬く拳を作る。

その口から低い声が零れた。

「……なにお人よしなこと言ってんです」

「春綱？」

「そんなの、勝手に覗いてるほうが悪い。つか、ここからじゃ双眼鏡でも使わないと部屋の中の様子まで見えねぇし。なのに、なんであんたそんな無茶苦茶な……全然自分に価値ないみたいなこと言うんだよ」

『くそっ』と言い捨て、拳を震わせさえする男に、名久井はただただ戸惑う。

「お、おまえがそんなに怒ることじゃないだろ……」

「……だって俺にはさせないくせに。あんな奴でも平気だってんなら、俺にも一回くらいやらせてくださいよ」

「……は？」

なにを言われたのか、判らなかった。

名久井は刷毛を持った手をだらりと落とし、理解できない言葉を紡ぎ始めた顔を見上げる。

「あのインテリ野郎のことも、俺は受け入れたわけじゃないから。昨日は引き下がったけど、やっぱ認めらんないと思って。今日それ言おうと思ってたのに、あんた朝は会社来ないし、夕方会えるかと思ったらまた事務所にいなくてこんなことになってるし」

「は、春綱、おまえ……」

「考えたんです」

「な、なにを?」

「あんたのこと」

浦木は少しだけ気まずそうに頭を掻いた。

それから意を決したように続ける。

「なんで、あのインテリ野郎といるのを見ると腹立つんだろうとか……俺、ゲイはよくねぇって思ってるはずなのに、なんであんたとやりたくなるんだろうとか」

「は……?」

「そもそも、ゲイがやばいって思ったの、あいつとやってるとこ見たからなんですよね。もし居酒屋とかで普通に打ち明けられてたら、そうは思わなかった気がする」

「ほ、ホモはキモイって言ってたろ」

「あれも、あんたに手を出そうとする奴の話だったからです」

「ちょ、ちょっと待て、おまえなにが言いた……」

「なにって、俺が名久井さんのこと好きだって話ですよ？」

聞き違えも深読みもしようのない告白に、名久井は慌ただしく頭を巡らせる。

「そ、それは……知ってる。おまえが俺を好きなことくらい」

「誤魔化そうとしないでくださいよ。俺の言ってる『好き』はそういう好きじゃない。ライクじゃなくて、ラブのほうです」

「勘違いだろ」

「一晩よく考えてみたんで、勘違いじゃありません」

浦木は自信に満ちていた。正々堂々、すがすがしいほど真っ直ぐに言ってのける男に、名久井は追い詰められでもしたみたいに動揺させられた。額の上にできたコブのズキズキした痛みさえ、狼狽《ろうばい》するのに忙しくて感じられない。

「なんなの、おまえ……なんなわけ」

「名久井さん？」

「んなの、一晩でしれっと完結する話じゃないだろ。好きとか……簡単に口にすんな。簡単に撤回すんな、ゲイは気持ち悪いって言ったくせしてっ！」

忘れない。缶コーヒーで打たれるよりガツンときた言葉だ。

「だから、それは名久井さんがゲイだったからじゃなくて、あいつに抱かれてるってのが気に入らなかったからで……ようは嫉妬《しっと》です。それ、ちゃんと把握したら、これは恋なんだなって俺、判って……」

「判ってねぇよ!!」

叫び出したい気分になる。

「な、名久井さん……」

好きだと言ってくれているのに。嫉妬したなんて、嘘みたいな告白をされているのに。喜びよりも、自分を惑わせるなと苛立ちが先に噴出した。

「そんな簡単なもんじゃない。俺なんかずっと……三年も悩んできたんだ」

「え……」

「ずっとどうしようって、どうしたらいいんだって悩んできたんだ！　簡単に『好き』なんて言葉使うな！」

「それって……どういう意味？」

目の前の男は、本当に驚いているように見える。けれど、すべてを知っていて知らない振りをしているようにも映る。

「おまえ、俺のこと、本当は判ってるんじゃないのかよ？　自信満々にそう言ってたろ、俺が判るって……だったら、なに考えてきたかだって気づいてるんじゃないのか？」

「おまえはノンケだし、駄目だって思ってた。それじゃなくても、彼女を次から次に作りまくってるし、俺の入り込む余地なんか一ミリもないんだから諦めなきゃってずっと……」

みるみるうちに浦木の表情が変わる。

もう好きだと言ってしまったも同然だ。

言った傍から後悔していた。

「……気軽に言われたくない。おまえにだけは」

どうせ伝わってしまった気持ちは取り消せないなら、すべて吐き出してもっともっと、粉々になるまでぶち壊しにしてしまえばいいなんて、破滅的な衝動に駆られる。

あまりに簡単に言う浦木への腹立たしさと、もどかしさと。

胸の奥深くに押し込んでいた思いは、自棄《やけ》になった途端に噴出する。

「俺は忘れようと努力したつもりだ。好きってどうやって止めたらいいんだとか、そもそも俺はおまえのどこがいいんだろうとか何度も何度も……気が狂いそうなほど考えたよ。すげぇ苦しくて凹むときだってあるのに、なんも知らないおまえはへらへらしてるし、彼女に振られたって愚痴ってたかと思ったら、翌週には『新しい彼女できました』っつってイチャついた写メ送ってきたりして……俺はもう……どうしたらいいんだってっ」

「名久井さ……」

「名久井さん……」

浦木に言葉を紡がせるのが怖かった。返事が欲しいわけじゃない。こんなめんどくさい自分と、重たい恋話を聞かされれば、一晩の即席で生まれた浦木の恋心なんて気の迷いだったと吹き飛ぶだろう。

「おまえのせいだ。みんなっ、おまえが悪い。俺が男連れ込んであいつに見られたのだって、元はと言えばおまえが俺を煽って欲求不満にさせるからだし、女のことなんか相談してきて落ち込ませるから、バカみたいに煙草吸って喉痛くなるし、酒飲み過ぎたら次の日気分悪くなったし、写メなんかもう慣れたけど最初は泣い…っ……」

呆然とした男を前に、言いたい放題。感情的になって暴露していた名久井も、その記憶を前にすると言い淀《よど》んだ。

無邪気になにもかも自分には開けっぴろげで、紹介しようと送ってくれた彼女の写真に自分は――

浦木が残酷にも問う。

「泣い…たの？」

「訊《き》くな、バカ！　泣くに決まってんだろ、だって好きなんだからな！」

名久井は吐き捨てるように言った。

腹立ち紛れに作業着の胸ポケットから取り出した煙草は、思いのほか震えている指が邪魔して、バラバラと床に中身が散乱した。

「……くそっ」

ぎゅっと握り潰したボックスを振りかざす。立ち尽くす浦木の胸元に投げつけようとして、名久井の動きは止まった。

不意に伸びてきた両手に腕を取られる。

「なっ……」

驚いて目を瞠らせた。

ぐらつく視界と前のめりになる体。浦木に引き寄せられたのだと頭が理解したときには、鈍い衝撃と共にぎゅっと唇が押し潰されていた。

唇と唇が触れ合う。

これは、知る限りキスと呼ぶべきものだ。

「嘘……」

びっくりして顔を離そうとしたら、浦木の顔が追いかけてきてもう一度。

両腕を取られたままでは逃げようもない。強く押しつける口づけは、深いものへと変わった。何度も繰り返されるうちに、名久井の張り詰めた心も体も解けてくる。

きっと差し出されたものが、本音では欲しがっていたものだからだ。

ずっとずっと。

「……春綱」

キスは浦木の返事だった。

雄弁に語る口づけは、言葉だけでは信じようとしない名久井への説得。

「ごめん、俺……なんか、名久井さんみたいに難しく考えるのとか苦手で」

いつも無駄にキラキラしている浦木の目は、至近距離で見ても輝いていて、おまけに綺麗に澄んでいた。

不覚にも、『やっぱり好きだ』なんて思わされたところで、眼差しに応えるように浦木が言った。

「でも、俺も好き。速攻でも回りくどく考えても、俺の気持ちは変わらないから……信じてはくれませんか？」


クロスの直しを終え、マンションを離れたのは八時を回った頃だ。

社用車を会社に戻し、着替えて家路についた。商店街を抜け、すっかり夜の帳《とばり》の降りた路地を歩き、ぴゅーっと吹き抜ける木枯らしに身を縮ませてアパートへと辿り着く。

名久井は階段を上りながら、努めて素っ気ない声で言った。

「ていうかおまえ、なんで当たり前についてきてんの？」

浦木はぴたりと名久井に張りついてきていた。

「なんでって、両思いだって判ったところじゃないですか」

「わ、判ったからなんだよ。俺はべつに……」

俯き加減に名久井は応える。部屋の鍵をガチャガチャと開けると、待ちかねていたように浦木が開いたドアの内へ身を押しやってきた。

「あんたに用がなくても、俺にはあります」

「ちょっ……と……」

「つか、なんでそう冷たいの？『好きだっ、俺もっ！』って、俺たち通じ合ったところじゃないんですか？」

「そ、そうだったかもしれないけど……」

「かも、じゃありません！」

名久井には積極的に出る勇気などない。けれど、それはどうやら気持ちのままに行動する浦木が補ってくれるらしい。

唇が降ってきた。一晩に何度もすることになったキスは、今までの分を一気に埋めるみたいに熱烈に降り注いで、こんな幸せには慣れていない名久井はどうしたらいいのか判らなくなってしまう。

「は、春綱……」

「ベッド、行ってもいいですか？」

「え……」

「いつもホントは嫌だったんです。玄関とか床とか、そんなとこじゃなくてベッドがいいって。単に落ち着かないから俺はそう感じるのかなって思ってたけど……」

ぼうっと端整な顔を仰いだ名久井は、ずるずると部屋の中を引き摺られるようにして、ベッドまで連れられる。

「あ……あっ、ちょっ……と、待っ……」

どさりとベッドに荷物のように乗せられた。けれど、圧《の》しかかってくる男の声は優しい。

「俺さ、好きだから嫌なんだって判った。これからはセックスくらいちゃんとベッドでさせてください、ダメっすか?」

「だ、ダメじゃない……」

名久井はそろっと背に手を回す。

もっと浦木は消極的なのかと思っていた。

女に不自由することもないモテ男は、受け身で淡白なセックスでもしているんじゃないかとからかったことさえあるのに、思いのほか浦木が積極的で戸惑う。

同意の上でのセックス。ベッドで服を脱がし合った後は、体のあちこちにキスをされた。

唇も首筋も、浮き出た鎖骨や真っ平らな胸も。乳首でも感じるのを知られてしまい、恥ずかしさにいつもの慣れた振りを装っていると、体をひっくり返され、うつ伏せにされた。

もう挿れるのだと思った。超特急だな……なんてぼんやり感じながらも、逆らおうとはしなかった。

嫌われたくない。

高校時代の恋のような感情が甦ってくる。

「……つなっ、春綱、濡らすもの……そこの棚に……」

さすがに乾いたままでは辛過ぎるし、浦木だって気持ちよくないだろうと、潤滑剤の在り処《あか》を教えようとした。けれど、ベッドから降りることもない男はそのまま背後で身を屈める。

「……春綱？　あっ……」

ぬるりと走った感触にビクつく。

つうっと狭間を滑ったのが浦木の舌であると知り、名久井は軽くパニックに陥る。

「おっ、おまえ……なにやってっ……」

「なにって、ここ慣らさないと」

「そん…な…っ、おまえはそんなことしなくてい…っ……」

狼狽する名久井に対し、浦木は焦っている様子もない。冗談でも気の迷いでもないことは、押し当ててくる唇が示していた。

「……うそっ、信じらん…っ……」

「信じられないのはこっちですよ。俺がこのまま突っ込むとでも？　ひどいなぁ、名久井さんって……どんだけ俺が雑なエッチすると思ってるんです？」

「も、喋《しゃべ》るな……息が……」

浦木が一言紡ぐごとに、温かな息が狭間を撫でる。

まるで口づけでもするかのように唇は触れた。まだ硬く噤《つぐ》んだ窄《すぼ》まりに何度も柔らかく重なり、伸びてきた舌先がちろちろと周辺を擽《くすぐ》る。

「……名久井さん、もっと腰上げて……やりにくい」

言葉にもどうしたらいいか判らずに固まっていると、ぐいっと力任せに高く浮かされた。

「はっ、春綱っ……」

情けない声を上げ、掲げた腰をもぞもぞと動かしたところで、尻を振っているようにしか見えない。薄いが丸みを帯びた臀部《でんぶ》は浦木の大きな手に包まれ、境の肉は両の親指で左右に割られた。

普段は誰の目にも触れない部分が、浦木によって暴かれる。

「……あっ……」

ピンと張ったシーツを、手繰り寄せるように何度も無意識に指で掻いた。

犬が水でも飲むかのような音を立て、浦木はそこを舐め解いてくる。くるくると円を描き、尖らせた舌で窪《くぼ》みの中心を突っつき、まるで自在に形を変えるみたいに柔らかに舌をくねらせ愛撫を施す。

「んん…っ……」

上手く掴めないシーツに指を立てたまま、名久井は背筋を弓なりに反らせた。くすぐったい快感と、甘い痺《しび》れ。突っ伏したままの上半身とは反対に、高く上がった尻の内っ側へ浦木の伸ばした舌が潜り込んでくる。

つぷりと押し込まれた舌に、甲高《かんだか》い声を漏らしそうになり、シーツに口元を押しつけた。

「……うっ…ん……」

そろりと股間《こかん》に視線を送る。性器は腹を打たんばかりに勃起していた。アナルを弄られ、溢れた先走りが、シーツに向けて鈍く光りながら滴り落ちている。

「春…綱、も…っ…なぁ、もういいから……なっ？」

早く済ませてほしいと懇願した。

こんなのは恥ずかしい。おかしくなってしまう。

「……名久井さん、エッチは丁寧にされたいんでしたよね？」

浦木は自分でも忘れていた会話をこんなときに持ち出してくる。

「それ…は、俺じゃない……おまえがすぐ……彼女に振られるって言うから…っ」

「だから俺、もう振られたくないから。俺と恋人になってくれるんでしょ？」

「春…綱……それは……」

「まさか、ならないなんて言わないですよね？」

「……なるっ……なるから、もう……」

開いた肉の狭間や、凝った袋のほうまでキスをしながら問われて、まともな受け答えなんてできるはずがない。

再び押し込まれた舌をくねくねと動かされ、名久井は伏せたままで何度も頭《かぶり》を振った。送り込まれる唾液《だえき》と、出入りする舌の感触。ベッドについた両腕がガクガク震える。

「……名久井さん、ね……声、聞かせて……」

吐息に湿るシーツを感じながら、大きくまた首を振った。

「や……」

「あの声、聞かせてよ……お願い」

「嫌…だ……だっておまえ、気持ち悪…っ…て、吐きそ…だって言って、おれ…っ……」

「だから……それは、嫉妬だったんです。ごめんなさい……名久井さん、ごめんね」

「……ぁっ……や……」

剝き出しのそこがじわっと綻《ほころ》ぶのが判った。

散々舐め溶かされ、中まで唾液に濡らされた窄まりは、唇や舌で触れられなくても口を開ける。

感じているそこがどうなっているか、名久井には想像がついた。

濡れて色づき、もの欲しげに収縮する。いつもは硬く窄まっているのが嘘みたいに柔らかく綻んで、男が欲しくて堪《たま》らないとでもいうように、赤く充血した中までチラチラ覗かせる。

「……いや……」

相手が浦木であるというだけで駄目だった。

「……こんなになるんだ。なんかもう……尻の穴とは思えないね」

なにも知らない男は、言葉を選ぶことさえしようとしない。感嘆したみたいな声で言われて、名久井の頭は羞恥《しゅうち》にショートするんじゃないかと思えるほど熱くなった。

そのくせ視線を感じる場所は疼《うず》いて、浦木の指先が触れると嬉しげにまたヒクつく。

「……やだ…ぁ……いやっ……」

視界までもが蕩《とろ》けてきた。

留まり切れなくなった涙が、ぽろっと下目蓋《したまぶた》の縁から落ちる。

「はる…つなっ、待っ…て……ひ…ぅんっ……」

指はあまりにも滑らかに奥へと沈み入ってきた。

「あっ……あ……」

浦木の長い指を感じ、名久井の中は切なげに蠢《うごめ》く。

背後で浦木の零した吐息が肌を撫でた。

「……すご…吸いついてくる」

「や……ぅ……」

「この辺りが前立腺《ぜんりつせん》？　少し硬いかな……俺、これでもちゃんと調べたんですよ？　名久井さんに気持ちよくなって欲しかったから」

「……ぅ、ぁっ……」

「名久井さん、もう前がぐっしょり……メチャクチャ感じるんでしょ、ここ？」

指の腹で狙いすまして捏《こ》ねられると、声を我慢することなどできなくなる。

「……んっ、あ……あぁ……んっ……」

「ああ……気持ちよさそう。ねぇ、イイ？　俺の指、感じる？」

「あっ……んっ、ぁんっ……」

くちゅくちゅと卑猥《ひわい》な音がリズムよく鳴り続ける。節々の張った浦木の指は、内壁を押し広げては、感じてならないポイントをなぞりながら抜け出していく。

「…ぁっ……はぁっ…ん……」

声はもう止め処なく零れた。尖端を濡れ光らせた性器からは、糸を引く先走りが次々と滴り落ち、シーツに散らばる恥ずかしい雫にさえ名久井の頬は熱く火照《ほて》る。

「やべ……名久井さん、やばい……」

浦木の指は、もっともっと泣かせてしまいたいとでもいうように奔放に蠢いた。

「……いや…ぁっ」

長い指を二本、根元まで深々と挿入され、尻が浮き上がるほど揺さぶられる。

「いや…いや……」

「……これは嫌？　けど……ここ、すごく…悦んでる」

きゅんと内壁が浦木の指に纏《まと》わりつくのが判った。しっかりとしゃぶって味わおうとでもするように、ねとりと吸いついて放さない。

「はる…つな…っ……」

名久井は涙でシーツを濡らしながら、尻をおずおずと揺すった。

「も…うっ……俺、も…ぉっ……」

ぱんぱんに張り詰めた性器が辛い。さっきから今にも弾けそうにビクビクと揺れ、体のあちこちまで切なくて堪らない。

「……俺の挿れる？」

取り繕うことさえ忘れて頷《うなず》いた。

完全に主導権を浦木に取られている。熱く滾《たぎ》った屹立を宛《あて》がう男は、いつものがさつな態度からは想像もできない名久井の痴態に、うっとりとした声音で言った。

「……名久井さんのここ、可愛いな。ちゅっちゅって、俺のにキスしてくるみたい」

「春…綱…ぁっ、いいから……も、なかっ……」

焦《じ》らされて欲望は膨らんだ。指で慣らされた場所は、もっとキツく擦ってくれるはずのものを欲しがって疼き、浦木の昂ぶりを迎え入れようと懸命に口をヒクつかせている。

「んんっ……」

腰を両手で捉われ、ぐっと押し開かれた瞬間、なにかが弾ける感じがした。

「あ……あ……」

「痛くない？　入り口はきついけど……中は柔らかいな」

じわっと馴染《なじ》ませるように腰を動かしながら、浦木は名久井の前へと手を伸ばしてきた。

しとどに濡れた性器に触れられ、名久井は意地を張ることもできずに訴える。

「さわっ……触らな…いでくれっ……」

「どうして？」

「……っちゃうか…ら……イっちゃ…っ……あっ、あっ……」

消え入りそうな声で応えた瞬間、ぶるっと体が震えた。白く濁った生温かいものが、先走りとは比較にならない勢いでシーツを打つ。

四肢を突っ張らせるようにして射精した名久井に、浦木は性器を握り込んだまま驚いた声を上げた。

「あ……マジで？　名久井さん、今のでもう？」

本当にびっくりしたらしい。恥ずかしいのとショックなのと、達して気持ちが緩んだのとで、名久井の感情はぐちゃぐちゃになる。

「名久井さん、感じやすいんだ……嬉しいな。もしかして、本当は後ろ好きなの？　挿れられながら触られたら堪んなくなるとか……そういうこと？」

浦木のせいだ。こんなになってしまうのは、抱いているのが浦木だから——

名久井は首を振って悔し紛れに背後の男を睨《にら》んだけれど、余計に嬉しげにされるだけだった。真っ赤な頬をして、涙で潤んだ眸で睨んだところで効果などない。

浦木は一層昂ぶる性器を抜き出し、名久井を横たわらせてきた。脱ぎ散らかした衣服の中から、身につけていたアンダーシャツを拾い上げ、シーツの上の白濁やらを拭《ぬぐ》い始める。

「あ、シャツ……汚れ……」

「後で洗うからいい。そんなのどうでも……今はいい」

仰向かされ、圧しかかられる。浦木の整った顔があまりにも急に間近に迫ってきて、名久井はちょっとうろたえ、目を背ける。

「顔見ながらするのは嫌？」

「……嫌…じゃない」

「よかった。名久井さん、俺の顔好きですもんね」

「な、なに言って……べっ、べつに俺は……」

「だって、いつも褒めてくれるじゃないですか。イケメンとかって」

「ほっ、褒めて…ない。俺…は一般論を……」

「じゃあ……嫌いなんですか？」

ルックスで好きになったわけじゃない。

でも、そんな哀しそうな顔をされたら否定できなくなる。

反則だと思った。尻尾や耳が下がって見える。その顔を近づけられたら、もう違うとは言えなくなってしまう。

名久井がぎゅっとしがみつくと、ちゅっと音を立てて浦木は唇を重ね合わせた。両足を開かせ、抱え込みながら、もう一度ぬかるんだ場所へと強張《こわば》る熱を押し込んでくる。

穿《うが》たれ、キスを施されながらの行為は、すぐに名久井をぐずぐずにさせた。達したばかりの性器もゆるゆると扱かれ、甘えたねだり声が零れる。

嘘みたいに気持ちがよかった。また兆しを見せる性器が、浦木の大きな手の中でぴくんと弾む。

「あっ、あっ……春…綱っ……」

嘘だこんなの、と今更思った。目を開けると浦木が自分を見下ろしていて、熱っぽい眼差しで見ていて、その手で愛撫を施してくれている。

好きな男に本気で抱かれているのが、名久井には信じられない。

「……名久井さん、疑い深いから……やっぱこうやって顔見てたほうがよさそう」

くすっと笑い、まるで気持ちを読み取ったかのように浦木は言った。その表情にさえ、体温が再び上昇する。

る。


「もっ、そこ…さわんな。またっ……」

「どうして？　次、一緒にいこ……」

囁く男はずるい。無邪気なようだけれど、自分がその声や表情に弱いことをきっと知ってい
る。

好きだと、もう全部知られてしまった。

「……名久井さん、気持ちいい？」

「んっ、んっ……」

浦木の逞《たくま》しい二の腕を摑んだ。前と後ろと、湧き上がる快感は戻ろうとした名久井の理性を
押し退ける。

「あんますぐ…激しくしたらキツいかな。けど、俺……俺も、イキたい」

「あっ……」

ずくっと動いたものがあのポイントを押し上げ、名久井は声を上擦らせた。

嬌声にリズムを合わせ、何度も弱い部分を突かれる。

どっちが先だか判らない。迸《ほとばし》る快感と、甘い声と——名久井はシーツの上の背をくねら
せて啜《すす》り喘《あえ》ぎ、浦木の熱はそんな反応すら興奮するというように勢いを増した。

「……もっ、同じ…とこ…やめっ……」

「なんで？　ココ……名久井さんの好きなところでしょ？　ほら、こうすっと……前がすっご

いピクピクして濡れてくる」

握り込んだ浦木の指が、性器の尖端をくるっとなぞる。玉のように浮いた先走りをぬるぬると広げて弄られ、名久井は余計に乱れた。

「……名久井さん、可愛いな」

年下のくせに、会社の後輩のくせに。顔を背ければ、自分が拗ねてしまったとでもいいたげに、こめかみや額にキスが降ってくる。

宥《なだ》める唇を押し当てながら腰を深く入れられ、堪らなかった。

「は…ぁっ…男にもっ…女みたいに…中にイイとこあるんですね」

浦木の声も激しく乱れていた。

さっきよりもずっと切羽詰まったその息遣いで、一緒に感じているのだと実感する。

「お、女の…話、すんな…っ……」

「嫉妬する？　俺が少し…でも、女の話するの嫌？　だったら……今まで俺っ……名久井さんには、たくさん哀しい思いさせちゃったね」

慰められて恥ずかしい。悔しいし、居たたまれない。

「調…子に乗んなっ……おまえなんかっ……」

「俺なんか、なに？」

でも、本当のことだ。

名久井はぐすっと鼻を鳴らしながら、浦木の広い背に両手を縋《すが》りつかせた。

「……名久井さん、ごめんね。ほら……お詫びに、いっぱいっ…するから」

「も、そこしな…でっ……」

ずくっと奥まで熱を穿たれ、ぽろぽろと涙が零れる。『嫌だ』とうわ言のように言いながらも、がくがくと腰が浮いた。射精したくて堪らないとでもいうみたいに、空を突き上げ、名久井は泣き喘ぐ。

「……も、いや……あっ、あっ……」

「嫌なの？　俺のこと嫌になった？」

腰の狭間からは、ぐちゅぐちゅと淫猥な音が響いてきていた。そのくせ、触れ合わさる唇は優しい。キスが甘いから、閃《ひらめ》かされた舌に名久井は自ら舌をからませてしまう。

ちろちろと甘い菓子でも舐めるみたいに、互いの舌を擽り合った。

両手を回した体に名久井は強く強くしがみつく。

「嫌じゃない……好き……」

腰を揺らめかせながら本音を漏らした。

素直になって自分を明け渡す。浦木にすべてを委ねて許してしまえば、官能は瞬く間に名久井を溺《おぼ》れさせ、その瞬間を思うだけでいっぱいになった。

「……大好き」

そう呟いたのは、二人で同時に果てた瞬間だった。

「前言撤回してください」

ベッドで壁際に体を向け目を閉じていると、背後からそんな声が聞こえてきた。

浦木がデカいせいで、セミダブルのベッドでも布団の中は互いが触れ合うほど狭い。

口を開くのも億劫《おっくう》なほど体はだるかった。目を閉ざしたまま返事をしないで居続ければ、「名久井さん、寝てしまったんですか?」「名久井さん、大丈夫ですか?」と、身を揺さぶらんばかりにセフレから恋人に昇格したばかりの男は声をかけてくる。

そんなに言われたら、たとえ眠っていても起きるしかない。

名久井は気だるい声で応えた。

「……撤回ってなにを?」

「俺のエッチが杜撰《ずさん》で愛がなくてヘタクソだって言ったことです」

「……言ったか?　そんなこと」

「名久井さんっ!」

面倒臭いのですっとぼけようと思ったが、許されないらしい。

セックスの上手い下手と、アレの大小は男の拘《こだわ》りどころだ。ヘタにコンプレックスなど刺激すると、のちのち面倒なことになる。現に今、その『面倒』が起きている。

「判った判った、考えを改めるよ。おまえのセックスは、しつこくてオヤジ臭くて無駄に長かった」

「ありがとうございます。『愛情いっぱいで大人の余裕でイキまくるほどよかった』ってことですね」

「い、言ってない、そんなこと！」

ポジティブ過ぎるにもほどがある。

目蓋を起こすのさえ億劫だったことも忘れて、ぱっと背後を見た。両肘《りょうひじ》をついてベッドから身を浮かせた名久井に、片肘をついて見守っていた男は破顔し、嬉しそうに笑んだ。

「やぁっとこっち向いてくれた」

言葉の語尾にハートマークがついて見える。

「名久井さん、恥ずかしいからって俺のほう向いてくれないんですもん。俺は終わった後もイチャイチャしたいのにさ」

――ウザい。

こいつ、ここまでウザいキャラだったたか？

名久井は乱れた前髪の間で、むっと眉根を寄せる。同時に、うっすらと耳朶を赤らめたりもした。

実際、少し当たってるから困る。

恥ずかしいのだ。片思いしていたと言っても、長年普通の職場の先輩後輩の関係で、今更こんなことになってしまって猛烈に照れ臭いし、どんな顔をしたらいいのか判らない。

しかも、自分は有り得ないほど乱れてしまった。『大好き』なんて、生まれてこの方数えるほどしか使ったこともない、レアな言葉までをも浦木に告げてしまった。

もうなんだかぐちゃぐちゃだけれど、ようするに叫び出したい気分だ。

大騒ぎの内心とは裏腹にクールを装う名久井に、浦木が小首を傾げて問う。

「名久井さんって、視力悪いんでしたっけ？」

「え？」

「眉間《みけん》にシワが」

——おまえのせいだ。

そう言い返す間もなく、眉の間に唇が押し当てられた。不意打ちのキスに、名久井の表情はますます強張る。

「……春綱、おまえってそういう奴だったんだな。淡白でもの足りないどころか、絶倫でねちっこくベタベタしてて……」

「判ってないな」

「え……？」

名久井の嫌味を遮った男は、衒《てら》いもなくさらりと言ってのけた。

「名久井さんが好きだからでしょ」

自分が思い悩んで言えなかった一言を、浦木は本当にあっさりといとも簡単に口にしてくれる。

「お、おまえなんか俺を好きになったばかりのくせに。胡散臭いんだよ」

「気づくのが遅かっただけですって」

「嘘つけ」

「どうしてそう疑うのかな。ちゃんと好きですって、浦木春綱は名久井満が大好き」

『大好き』の言葉に、名久井はぴくりと反応した。嬉しかったからじゃない。まさか覚えているのかと焦ったからだ。

浦木はきっちりと肯定してくる。

「一方的に言われっぱなしなのはどうかと思って。名久井さんの口から、『大好き』なんて言葉が聞けるなんて、俺感激です」

「……言ってねぇ」

「言いましたよ～。俺、この耳でしかと聞きましたもん」

ちらと隣を見ると、耳と振りまくる尻尾が見えた気がした。

いや、きっとエセ尻尾だ。

「あっ、そうだ！　きっと気持ちよくて訳わかんなくなってたから、名久井さんそれで覚えてな……」

「うるさい。俺が言ってないって言ってんだから、そうなんだ！」

「うわ……先輩ったら横暴」

やり込められても、浦木がどことなく嬉しそうにしているから腹が立つ。気恥ずかしさが先に立つ。名久井は再び背を向けて寝転がろうとして、悪癖が顔を出した。

イライラにてき面弱いのが喫煙者の悪い癖だ。ごそごそと布団から這い出して、一箱置いていたはずとヘッドボードの上の棚になったスペースを探ろうとした名久井は、横から伸びてきた手に押し留められる。

「煙草はもういらないんじゃないですか？　イライラの原因はなくなったんだから。俺が鈍くて恋愛相談したりしてたのが原因だったんでしょ？」

余計なことを打ち明け過ぎたとしかいいようがない。

「春綱、あのな」

「はい」

「俺が山で遭難したとする」

「へ……？」

「三日三晩山を彷徨い歩いて、食料も持っていなくて、川の水で飢えを凌《しの》いで野宿して、『ああ俺、このまま死ぬのかな』と思っていたところに救助隊がやってきたとする」

突然のたとえ話に、まさにハトが豆鉄砲でも食らったみたいな顔をしている男に、名久井は皮肉っぽく笑って言ってやった。

「そこで、おにぎりと煙草を差し出されて、煙草を先に取るのがヘビースモーカーだ。ニコチン中毒、舐めるな?」

浦木は黒い眸を瞬かせた。

それから、太陽みたいな引力のあるその顔でにっこりと魅惑的に笑んだ。

「なるほど。じゃあ、口淋しくないように俺は相当頑張らなきゃってことっすね」

「……は?」

否定する間もなく、天井を仰がされる。一息に身を転がし、じゃれつく大型犬のように乗っかって来た男は、『違う』と騒いで焦る名久井に言った。

「任せてください、名久井さん」

シガレット×ビター

ホテルのフレンチレストランには緩やかなクラシック曲が流れていた。

季節はクリスマス、イブともなれば着飾った男女でテーブル席は埋まり、グリーンのテーブルクロスの上にはクリスマス仕様のゴールドのキャンドルが揺れる。ロマンチックな夜に相応《ふさわ》しく、窓辺の高層ビルの明かりすら、恋人たちの目を楽しませる光のページェントであるかのようだ。

街明かりを望む一面の窓の高さは六、七メートルはあるだろうか。大人の男女が集《つど》うに相応しいレストランはシックな室内装飾で、天井は高く、等間隔に垂直に柱のように伸びたウッドが美しい。

「つい内装に目が行ってしまいますね」

浦木《うらき》は目を奪われて見上げてしまい、照れ隠しに言う。

「職業病だな。うちじゃとてもこんなリッチな内装は手掛けられないけどな。見るからに有名デザイナーでも入ってるって感じ」

向かいの席の名久井《なくい》を見ると、食前酒に頼んだシャンパーニュのグラスを傾け苦笑していた。

二人の勤めるツクダ内装は、商店街の近くに事務所兼作業場を構える小さな町の内装屋だ。高級レストランなんて別世界過ぎて比べるべくもない。

しかし、今夜は特別だった。

いつもは仕事帰りの作業着や普段着で近所の行きつけの居酒屋に出向き、片や咥《くわ》え煙草《たばこ》、片や好物のイカゲソを咥えて過ごしているような二人も、今日はレストランのドレスコードに合わせて身なりもきちんとしている。

得意先からもらったクリスマスディナーのチケット。一度は『男同士でそんなところへ行きたくない』と断られてしまった浦木だが、タダ飯であるのと、現在は男同士だろうと付き合っているのを理由にしつこく誘ったところ、渋々ながら年上の恋人は了承してくれた。

そう、名久井満《みつる》は浦木春綱《はるつな》の恋人だ。

傍目《はため》には、そうは見えないかもしれないけれど——

「春綱、どうした？」

無意識にスーツのネクタイの結び目に手をやっていたらしく、テーブルの向こうからはヤジに等しき言葉が飛んでくる。

「おまえ、さっきから苦しいんだろ？　スーツなんて慣れないもの着てくるからだ。べつにジャケットさえ着てれば、ノーネクタイでいいのに。ホテルディナーだからって張り切り過ぎじゃないのか〜、恥ずかしい奴」

名久井は相変わらずの口の悪さだ。クリスマスイブにフレンチレストランというこの上なくムーディなシチュエーションで、甘い一時を過ごせるのかと思いきや、普段とは違うのは見た目のみ。名久井はいつにもましてガサツな口調で、あまりこちらを見てくれようともしない。

「しょうがないでしょ。中途半端なジャケットなんて余計持ってないんですよ。俺、いっつもジーンズにブルゾン派だから……だいたい名久井さんだって、普段は作業着のくせして……」

名久井は白シャツに紺色のジャケット、ボトムはウールのパンツを穿《は》いていた。ノーネクタイで極自然な装いだ。

職業柄、スーツで仕事をしたことがないのはお互い様。自分と同じだと思っていたけれど、浦木はふと耳にしていた話を思い出す。

事務所で噂《うわさ》に上っていた名久井の前職についてだ。

「そういえば名久井さんって、インテリアデザイン事務所に勤めてたんでしたっけ……結構、大手の」

「一年足らずのことだよ。とても働いてたなんて言えるようなもんじゃない」

「どうして辞めちゃったんですか？」

至極当然の疑問に、グラスをテーブルに置いた男はさらりと応えた。

「性に合わなかったからだよ。あ、おしぼり来た」

「おしぼり？」

人の気配を感じて振り返り見れば、ギャルソンがコースメニューの前菜を運んできたところだった。白いプレートに並んだ見目鮮やかなオードブルは、独創的な盛りつけの数々で、中央に細長く横たわる品は見ようによっては小さなおしぼりに見えなくもない。

「な、名久井さん」

聞こえていたら顰蹙《ひんしゅく》ものだ。浦木が小声で咎《とが》めるように名を呼べば、名久井はしれっとした表情でセッティングされた皿を見つめ、涼やかな笑みを浮かべる。

プロ意識の高いギャルソンはたとえ聞こえていようと頰《ほお》を引き攣《つ》らせることもなく、そつなく料理の説明をしてテーブルを離れて行った。

自然と意識はディナーに向かい、名久井の昔話はうやむやになる。

「さぁ、食おう食おう。腹減った。今日は昼抜きだったんだよな。おまえも伊藤《いとう》さんとこのフローリングが難航して昼はオニギリだけとか言ってなかったっけ?」

浦木は、前にもこんな風にはぐらかされてしまったのを思い出した。

入社して一年での退職。その理由は触れられたくないデリケートな内容なのかもしれない。恋人になったからといって、名久井の過去にズカズカと踏み込んではいけないことぐらい判っている。

浦木はそれ以上追及するのは控え、一瞬迷ってしまったフォークとナイフを並んだカトラリーの中から手に取る。名久井は戸惑った様子もなく、すでに『おしぼり』にさっくりとナイフを入れており、零《こぼ》れ落ちそうになったキャビアを器用にフォークの背で掬《すく》い取っていた。

自分と大差ない生活をしているはずだが、こんな非日常的なレストランでも名久井は浮いたところがない。品のいい中性的な美貌《びぼう》も、それを後押しし、黙って食事をしていればとても町の内装屋には見えない。

ただの贔屓目《ひいきめ》でないのは、周囲の客も示していた。ゆとりを持って配置されたそれぞれの席は会話も聞こえないほど離れているが、隣席のカップルの女性が、名久井がテーブルについたときからちらちらと窺《うかが》っているのを浦木は知っている。名久井に言えば、『男同士だから目立ってる』とか、『見られてるのはおまえだ、イケメン様だから』とか否定するに決まっているけれど。

名久井はとても綺麗《きれい》だ。

なのに、どうにも自己評価が低過ぎる。同性でも恋愛的な意味で惹《ひ》かれていると自覚してから、こっちはちょっとした仕草にもスイッチ押されて堪《たま》らなくなるというのに。

まさかこんな形で気を揉《も》まされる日が来るとは思ってもみなかった。

ずっと好きだったと告白されたといっても、自惚《うぬぼ》れる気にはなれない。

同性愛者の世界はよく判らないけれど、名久井はきっとよくモテただろう。こんな店に誘う男は何人もいたのだろうし、過去には恋人として付き合っていた男だっていたに違いない。

「名久井さんはよくこういうところに来るんですか?」

浦木が尋ねたのは、慣れない手つきでフォークを口元に運ぼうとして、キャビアをポロリとクロスに落とした瞬間だった。

見て見ぬ振りをしてか、名久井はさらりと応える。

「俺が？　まさか。ここのコース一食で何日分の食費になると思ってるんだよ」

「でもタダ飯なら関係ないですよね」

「ディナーチケットなんてくれる人がそういるわけないだろ。商店街のアイドルのおまえはどうだか知らないけど」

「そうじゃなくて、誰かに誘われてとか……」

――みっともない。

落としたキャビアもだが、過去を詮索《せんさく》してはならないと思った傍からこれだ。

ゲイだと知ったときもそうだった。無理に止めさせようとしたり、かなり無神経に振る舞っていた自分を判っている。そんなあんなこんなも今振り返ると、同僚や友人を超えた感情をすでに自分が抱いていたからだ。

そして、今だって――

せっかくのクリスマスイブにまで、醜い嫉妬《しっと》をチラつかせるなんて、サンタも神様も逃げていく。

浦木は深呼吸をこっそりして、姿勢を正した。ネクタイの下がったスーツの胸をやや張って笑みを作ると、気を取り直す。

「名久井さん、今日はこの後ずっと時間ありますよね？」

コースの食事を終えても、まだ時間は充分ある。明日は幸い休みの日曜だ。

「ん、まぁ」

「今夜は俺と過ごしてくれますか？」

改まっての問いに、名久井はワイングラスに伸ばそうとした手を止め、怪訝《けげん》そうな表情を見せた。

「……もちろんそのつもりだけど？」

「よかった。実はここの部屋を予約しておいたんです。高層階だから眺めもいいですよ。こっからでも東京《とうきょう》タワーも見えるらしくて……そうだ、せっかくだしライトアップされてるうちにチェックインしないと」

過去の男たちに対抗してというわけではないけれど、浦木も手札は用意していた。

クリスマスのデートがタダ飯だけでは味気ない。夜景の綺麗な部屋にお泊まり……なんて、ベタでちょっと恥ずかしくもあるが、たまには格好つけたい。それじゃなくとも四つも年下で、職場では後輩と関係は分が悪く、惚れ直されるチャンスもそうそう巡ってこない。

しかし、思惑とは裏腹に名久井の返事は素っ気なかった。

「冗談だろ」

「……え？」

「クリスマスだぞ。イブだぞ、判ってんのか!?」

「それはまぁ、だから夜景の見える部屋でしょ。あっ、ちゃんと喫煙ルームですよ?」

「そういう問題じゃない。鈍い奴だな、周り見てみろ。食事だって男同士で浮きまくってるってのに、泊まるなんてできるか。完全にホモのカップルじゃねぇか」

不機嫌に言われても、実際ホモのカップルだ。

大らかが取り柄で、犬に譬《たと》えるなら犬種はゴールデンレトリバーの浦木には、体面を気にする名久井の見栄の張りどころはどうにも理解しがたい。

「絶対泊まらないからな」

名久井は念を押すようにぴしゃりと言い放ち、浦木の呆然《ぼうぜん》とした眼差しを前にぐいっとグラスのワインを色気なく呷《あお》った。


「調子狂うなぁ、もう」

ディナーの後、最寄り駅へと向かう浦木は思わずぼやいた。街路樹のイルミネーションは綺麗だが、寒空の下、身を震わせながら歩く予定は入っていなかったのだから仕方ない。

まさか、自腹でキャンセル料を払ってまで泊まりたくないとはだ。

ゲイのカップルが痴話ゲンカでドタキャンしたと疑われるだけじゃないかと思ったが、それを言うと本当にケンカになりかねないので黙っておく。

「……くしゅっ」

先を歩く名久井も寒いのだろう。コートの肩をいからせ、くしゃみをした。

浦木は手にしていた小振りの紙袋で、その背を突っつく。

「はい」

「なんだ、これ?」

差し出された袋を、名久井はまるで予期していなかった様子で手に取った。

「クリスマスって言ったら、プレゼントでしょ。くしゃみしてるような人にはぴったりのもんですよ」

「……マスクか?」

「なわけないでしょ！　マフラーですよ、マフラー!」

鈍いのか、ボケているのか。歩道で足を止めただけで中を確認しようとはしない名久井から、「貸してください」と紙袋を取り戻すと、浦木は包装を解いてマフラーを取り出す。

「気に入らなくても返品不可ですからね」

そうは言ったものの、自分なりに悩んで選んだものだった。名久井の趣味はよく判らない。あまりラフ過ぎないものがいいだろうと、無難にブルー系の無地のものにした。グレーがかった落ちついた色だが、ウールの毛糸の網目がアクセントになっている。

コートの上から首に回しかけた。洒落《しゃれ》た巻き方なんて知らないから、ぐるぐると回しただけだけれど、とりあえず防寒にはなるだろう。

じっと様子を窺うような目をして、されるがままになっていた男は、巻き終えたところでぽつりと言った。

「……おう、ありがとうな」

「風邪ひかないでくださいね」

再び二人で歩き出す。マフラーを巻いたら喋《しゃべ》りづらくなったというわけでもないだろうに、名久井は急に口数が少ない。かといって不機嫌なわけでもないようで、歩調を緩めて隣を歩く。

――判りにくい人だな。

そんな風に思ったものの、駅に辿《たど》り着き、帰宅の人混みに飲まれるとうやむやになった。

来た道筋を辿って家路につく。自分のマンションへ行く予定だった。以前は名久井は洗濯機を借りに訪ねて来る程度だったが、今は用がとくになくとも来てくれる。

それも浦木が誘ってのことがほとんどだけれど。

「今日、悪かったな」

三階の勝手知ったる我が家へ入って行くと、後に続いた名久井が玄関で靴を脱ぎながら言った。

「え？」

「俺、なんにもおまえにやるもん用意してなくて。今度、なにか用意しとく……あ、そうだ、ビール一ケースでどうだ？　おまえ、年中ビールだろ？」

「いりませんよ、そんなの」

「なんでだ？　遠慮すんな。ちゃんと発泡酒じゃなくて、プレミアムなビールを買ってやるから」

ビールといえば、名久井の部屋の冷蔵庫を思い出す。発泡酒以外は特別な日用だと言っていた。実際、一ケースとなるとそれなりに値も張るからプレゼントは冗談ではなく本気なのかもしれないけれど、浦木の現在の心境は『勘弁してくれ』だ。

「そんな色気のないプレゼントいらないって言ってんです」

靴を脱ぎ終えた名久井を廊下の白いクロス壁に押しつけ、浦木は咎める眼差しを向ける。

「どうせなら今は名久井さんをくださいよ」

耳元で精一杯作って聞かせた艶《つや》を帯びた声にも、名久井は擽《くすぐ》ったそうに身を捩《よじ》った。

「ははっ、おまえなんかオヤジ臭い……あっ、ちょっとなに腰押しつけてんだっ、こんなとこでサカんな……」

「こんなとこになったのは誰のせいだと思ってんです。ホテルに泊まるつもりだったから、部屋も掃除してないし、ベッドは俺が朝起きたときのまんまだってのに」

「べつにいいじゃん、それで。女じゃねぇんだから、俺相手にカッコつけてどうすんだよ。おまえだって言ってたろ？　俺と付き合ったら、デートにお洒落スポットなしで食事は牛丼でもすむのがメリットだってさ」

「メリットなんて言ってないし、だいたいそんなのこうなる前の話で……」

「前も後もあるかよ。あれはおまえの本音で、男相手だったら気ィ遣う必要もないのにってそういう……」

「あーもう、黙っててください」

口達者な男を言葉で言い負かすのは困難だ。浦木は、深く巻いたままの名久井のマフラーを顎《あご》でずり下げるようにしてキスをした。黙らせるにはこれしかないとばかりに唇を重ね、逃さぬようその身を壁に押しつける。

名久井は拒もうとはしなかった。

いつもそうだ。口ではあれこれ気乗りなさそうな態度を取るから、嫌なのかと心配になるけれど、いざ事に及んでしまえば嫌がらない。

どちらからともなく舌を伸ばし合う。これから行う行為を確認し合うような深く艶《なま》めかしいキス。唾液《だえき》に濡《ぬ》れて充血してしまった唇を解き、浦木が顔を覗《のぞ》き込むと、やや戸惑った目をした名久井は問う。

「……本当にここでやんのか?」

もしイエスと答えたなら、たとえ嫌でも彼は自分に合わせて受け入れるのだろう。そんな気がしたものの、それは浦木にとっても望むところではない。

「セックスはベッドがいいって言ったでしょ、俺」

玄関だの床だのはもうこりごりだ。

部屋の明かりを点《つ》けるのももどかしく奥の寝室へと移動して、ベッドの上で縺《もつ》れ合った。首から下がったスーツのネクタイが、名久井の首筋にかかって邪魔をする。

「あ、ごめん」

咄嗟《とっさ》に謝ってネクタイをどけると、組み敷かれた男は身を固くしてこちらを仰ぎ見ていた。心なしか、顔が赤い。今日はなんだか様子が変だ。自分のほうを見たがらないかと思えば、こんな風に食い入るように見つめてくる。

「……名久井さん？」

「さ、さっさと脱げよ、そんなの。スーツ、皺《しわ》になるだろ……」

そんなに急いで脱ぐ必要もないだろうに、名久井はネクタイの結び目に手をかけた。

そのまま互いに服を脱がせ合う。続き間のリビングに点《とも》した明かりを頼りに、ベッドの上の体を隅々まで探り始めた。

薄暗い部屋にぼうっと浮かび上がる白い肌。

今までずっと近くにいたのに、この体を欲しがらずにこれたのが嘘《うそ》のようだと浦木は思う。

同性相手の恋も、認めてしまえば異性を好きになるのとなんら変わりはなかった。

その肌に触れるだけで体温が上がる。抱いてもいいのだと思ったら、期待だけで腰の中心のものは形を変えるし、感じさせたいと自然に愛撫《あいぶ》の手や唇は動く。

同性でも年上でも、変わらない。むしろ相手が名久井だと思うと、もっと官能を引き出させたくて、我を忘れて欲しくて愛撫に夢中になる。

前に疑惑をかけられた『ヘタクソ』なんて暴言も未だに尾を引いていなくもないけれど、それ以上に浦木は純粋に名久井を気持ちよくさせたかった。

「あ……」

仰向けの名久井の足を開かせると、声を震わせる。

指をそろりと這《は》わせたのは、尻の奥の硬く窄《すぼ》まった場所。本来繋《つな》がれるための存在ではない器官を慣らすには、ローションを使うのを覚えた。使わなくともどうにかなるのは最初のセックスで判ったけれど、名久井に辛《つら》い思いなんてさせたくないし、自分もこのほうがずっと具合がいい。

最初は指の腹でゆるゆると摩擦する。指先で撫《な》でて突っついて、ひくついて綻《ほころ》んできた入り口にローションをまぶした指を飲ませると、名久井のものとは思えない細く弱々しい声が上がる。

「あっ……や…ぁ……」

自分までぞくっとなるような淫靡《いんび》な声だ。もっと聞きたいばかりに、節の張った指を根元まで一息に咥えさせてしまう。

名久井の声に興奮を煽《あお》られる。押し込んだ指を抜いて、また戻して。何度もローションを指に取っては奥へと運んだ。

「ん…んっ、んふ…っ……」

頭を振って悶《もだ》える名久井は、うっすらと汗ばんだ背筋を弓なりに反らせ、胸元を高く浮き上がらせた。浦木はぷつりと膨れた乳首に噛《か》みつくように吸いつき、穿《うが》った指を大きく動かすと、泣き濡れた声を上げて恋人は腰を揺らし始める。

無意識だろうけれど、欲しくなった合図だ。

「はっ、春…綱っ……」

「……名久井さん、うつ伏せになって腰上げられる?」

元々綺麗に整えられてなどいなかったベッドの、一層よれてしまったシーツの上に、名久井は言われたとおりに伏せ、尻を掲げた。

暗がりにも慣れてきた目には、その様はあまりに扇情的だ。震えている背中も、真っ白な臀《でん》部《ぶ》も。ゆっくりと肉を分けると、濡れて綻んだ穴が息づくように蠢《うごめ》いて奥からローションを溢《あふ》れさせ、目が回るほどのいやらしさに視線が釘《くぎ》づけになった。

「……は、早…く」

じっと見られるのは堪えがたいのだろう。震え声で名久井が続きを急《せ》かす。

意地悪をする意図はなく、昂ぶって先端をぬるつかせたものを狭間に宛《あて》がった。綻んだ入り口を開かせ、ゆっくりと押し込んでいく。

「あっ……あぁっ……」

何度かセックスをして判った。名久井はバックで責められるのがひどく感じるみたいだ。深く繋がり、性器にも触れると泣きそうな声を上げる。加減をしないとすぐにイってしまうみたいで、同時に責めると『嫌だ』とか『やめて』とか言って最後は啜《すす》り泣いて拒もうとする。そんな風に泣いて嫌がる声も正直興奮した。

自分は末期だと思う。

こんなにも名久井に夢中になっている。

「あっ……あ、ひぅっ……はる…つなっ」

ぐっと深く押し込んだ。狭い入り口はカプリと浦木に食らいつくみたいに咥え込んでいた。少しきついけれど、何度か抜き差しを繰り返すうちに名久井の中も馴染《なじ》んできて、浦木を天国へと導き出す。

「あ……やば、気持ちいい……名久井さん、いい……」

腰を入れる度にパチュッとあられもない音が響いた。濡れた粘液質な音は、たっぷりと送り込んだローションのせいだ。止められずに腰を動かしながら前に手を回すと、腹を打つほどに育った名久井の性器はしとどに濡れて涎《よだれ》を垂らしていて、恥ずかしい音も萎《な》えるどころか興奮するらしいと知る。

「……春綱、あっ……やっ、いや……」

「うそ……嫌なんて、嘘でしょ？」

本当はやめて欲しくないのだ。

リズミカルに腰を打ちつけ、切れ切れの切ない喘《あえ》ぎを引き出した。ベッドについた膝《ひざ》が動くほどその身を突き上げ、腰をくねらせて尻の奥を責め立てれば、名久井の声はぐずついた啜り泣きに変化していく。

「あっ、あっ……い、いい……」

普段の言動はエスっ気でもありそうな名久井だが、被虐的な一面がある。少しくらい強引に求めたほうが感じるようだ。

「……名久井さん、気持ちい……？」

「んっ、ん……」

「これ、こうされんのが好き？　それとも……こんな、ふうに……回したほうがいい？」

「やっ……あっ、あ……お…きい……」

「大きいの、イヤじゃないでしょ……前立腺《ぜんりつせん》とこだけじゃなくて、奥も……慣れたら気持ちいいんだって、書いてあった」

「書い……あっ、おま…え、なにっ……読んで…っ……」

今その疑問に答えてやる余裕は浦木にもなかった。激しい動きに、冬なのに背や額に汗が浮かぶ。いつも涼しげな名久井の肌もうっすらと汗ばんでいるようで、触れる手は吸いついて感じた。

「もっと、いっぱい感じさせたい。『後ろ好きじゃない』とか、嘘ばっかり俺に教えてさ……こんな、ドロドロになるくらい好きなくせして……」

「んっ、んぅ……も、そこばっかすん…な……あっ、嫌だって……そんな、したら…っ……」

泣き喘ぐ声に溺《おぼ》れ、同じところばかりを執拗《しつよう》に責め立てる。途中から射精を訴える声が入り交じり、浦木は宥《なだ》めすかしたり、腰を入れるペースを落としたりしながら名久井の絶頂を妨げた。

「や……またっ、春綱、なぁっ……もう、もうっ……」

「……まだ、あと少し……あと少しで俺も、イケそうだから……」

『一緒に』と囁《ささや》いて、射精を求める体を我慢させた。ジュクジュクと熟れた果実みたいになった名久井の奥を掻《か》き回し、天井でも突くみたいにぬかるんだ内壁を擦り上げる。

「あ……名久井さん、いい……いいっ、もう俺も……」

浦木もそろそろ限界だった。噴き零れそうなほどに気持ちいい。長引かせた快楽にとろとろと溢れる先走りが、名久井の中に零れているのが自分でも判る。

その瞬間、名久井の性器も軽く扱《しご》いてやった。

「ひぁ…っ……あぁ…んっ……」

ほんの僅《わず》かな刺激で欲望は弾け、同時に高みを極める。溜《た》め込んでいたわけでもないのに浦木の逐情は長引き、何度も腰を入れてすべてを名久井の奥へ解き放った。

気持ちよくて、堪らない幸福感で、軋《きし》むほどにその身を強く抱きながらも、腰が小刻みに動く。名残惜しくてならない身を放したのは、名久井が「もう、いやだ」とか細い声で泣いて訴えてきたからだった。

ずるっとまだ硬度を保ったままの性器を抜き取り、うつ伏せた名久井の体をひっくり返す。

イッたばかりの泣き濡れた顔がすごく色っぽい。いつものサバけた口の悪い先輩の名久井も好きだけれど、こうして恥ずかしげに視線を泳がせている頼りない表情も好きだ。

今は自分だけが目にできる名久井の秘密の顔。以前はこの顔を無数の男に見せていたのかと思うと、胸だか腹の奥だかに淀《よど》んだ感情が渦を巻く。

自分にこれほどの独占欲があっただなんて、ちょっと驚きだ。

「……春綱、満足したかよ?」

「はい、気持ちよかったです。名久井さんも、すごい美味《おい》しそうに食べてくれてた」

「ばっ、バカなこと言うな」

「本当のことでしょ。レストランであんなに美味しいデザートまで平らげて、もうお腹いっぱいなんて言ってても……名久井さんのこっちは俺が欲しかったみたい」

「おまえ……やっぱオヤジ臭い」

「俺がオヤジなら、名久井さんだって年上なんだから確実にオヤジでしょ」

嫌味にも笑って返す浦木は、しみじみと幸せを感じていた。

甘い。初めて知った菓子に夢中になった子供みたいに、初めて知る名久井に溺れている。

――逃がしたくない。

名久井に捨てられたら、泣くかもしれないなと思った。

過去に恋は幾度となく失くしたが、こんな風に感じるのは初めてだ。三年も片思いだったと名久井は言ってくれたけれど、自分だって出会いからずっと名久井を見てきた。

人として好きになって、それから恋をして、そうやって長い時間をかけて誰かを手に入れたのは初めてだ。

浦木は切に願った。

この気持ちがちゃんと伝わってるならいいのにと――


――本当は騙《だま》されてるんじゃないかと思うときがある。

月曜日。午後の喫茶店のテーブルで、カップのコーヒーを一口飲んだ名久井は、窓に描かれたスノースプレーの雪の結晶にクリスマスの夜を思い出した。

師走《しわす》は逃げるというだけあって、世間の関心はもう年越しだ。イブから二日、クリスマスはまだ昨日のことなのにもう随分以前のことのように感じられる。

週末はずっと浦木の家で過ごした。

裏表がないのが取り柄の男だから、騙されてるなんて思うのは大げさだけれど、付き合っているのは未だに信じ難い。目が覚めたら全部夢で、がっかりするんじゃないかなんて、中高生みたいな不安に駆られて一緒に寝ていても夜中に目を覚ます。そのままベッドから抜け出して、気を落ちつけるために煙草を吹かすなんてのもよくある行動だ。昨夜もそれで浦木を起こしてしまった。

もう二十八歳にもなるのに、名久井はこんな幸運には慣れていない。

好きになった相手が、本気で自分を好きだと言ってくれる。ただの好奇心でも、一時の遊びでもなく、自分と付き合ってくれる。それだけのことが名久井には縁遠くて、舞い上がりそうに嬉《うれ》しいと感じる半面、どうしていいか判らなくなる。

浦木にのめり込んでしまうのは怖い。恋愛なんて二度と本気でするつもりがなかったのに、手に入れてしまえばやっぱりこの年になっても失うのは怖くて堪らない。

急に『恋人』なんて肩書きを与えられ、名久井は持て余し気味だった。どう振る舞っていいのか判らず、結局今までどおりのガサツな職場の同僚になってしまっている。

一方で、このままでいいのかという不安も過ぎる。

クリスマスはせめてプレゼントぐらい用意すべきだったかもしれない。女じゃないのにはしゃいでそんなものを用意したら、重たくて引かれるんじゃないかと思った。

学生時代に付き合った先輩は、一度も自分にそんなものはくれなかった。もらったことがあるのはコンビニの菓子ぐらいだ。たまにファストフードのハンバーガーも奢《おご》ってくれたけれど、金がないとよく言われてその倍は名久井のほうが奢っていた。

浦木がくれたマフラーは暖かかった。

雑でも十五分でも抱いてくれたらいいと願っていた男は、こっちが恥ずかしくなるくらい自分を大事に扱ってくれる。セックスも雑どころか、自分の快感ばかりを優先している節がある。

浦木はどっちかというと後ろからするのが好きみたいだ。やっぱり男の体だから、なるべく見ないでするほうが盛り上がれるのかもしれない。女としか付き合ったことのない、ヘテロの二十四歳の男子である浦木に、板の胸だの、己と同じイチモツだのを見て興奮しろというのも酷な話だ。

しょうがない。それに不満を覚えるほど自分は欲深じゃない。

ただ、別れる日が少しでも遠くなってくれればそれでよかった。

「うーん、こっちのカラーだと主張が強過ぎますかね？」

名久井は喫茶店のテーブル越しに声をかけられ、窓辺に移していた視線をはっとなって戻す。食後のコーヒーを楽しみに来ているのではない。いつものベージュの作業着姿の名久井は、この店へ改装の打ち合わせに訪れていた。

ツクダ内装の事務所から電車で二駅の店は、どこの駅前にもありそうな昔ながらの喫茶店で、立地はいいが古ぼけた店内は暗く客を遠ざけがちだった。明るく爽《さわ》やかな雰囲気に変えたいとの要望だ。

クロスのパンフレットを見る店主は、イエローがかったクリーム色のクロスを指差している。

「いいですね、この色はお店を明るく見せますよ。馴染みやすい色なんで、今のカウンターやテーブルの雰囲気とも合うと思いますし」

「なるほど……ちょっと待ってください、家内の意見も訊きたいんで、見せてきます」

妻はカウンターの奥で洗い物をしている。ちょうどランチ客が去った時刻だ。パンフレットを手に立ち上がった男は、名久井の作業着のポケットから覗くライターに気がつくと言い残した。

「ああ、どうぞ一服しててください。うちは分煙はしてませんから」

そのほうが気兼ねせずに、妻とゆっくり話し合えるのだろう。名久井は言葉に甘えてボックス煙草を取り出した。

一本抜き取り、咥えてライターの火を近づけたときだ。

「ダメに決まってるでしょ、喫煙なんて！」

声にどきりとなった。

声のしたほうを窺うと、斜め前の席でランチをとっくに終えてお喋りを続ける二人客の女性だった。

二人とも若い女だ。言われたほうの女性は煙草を吹かしている。

喫煙者の減り続けている昨今だが、若い女性の喫煙率だけは今も上がり続けていると聞く。名久井は女の喫煙は感心しないなんて考えは持たないが、世の男はそうでもないらしい。

「でも、彼の女友達、煙草吸ってる子も結構いるよ？」

「友達と彼女は違うんだって。彼ってそういうのうるさそうなタイプだしさぁ、エミ、友達扱いに戻っちゃってもいいの？」

「そういうもん？　納得いかないなぁ」

ポンポンと灰皿にほっそりとした煙草を打ちつける彼女は不満そうだ。けれど、思い当たるところはあるのだろう。それ以上は反論せず、向かい合わせの彼女が駄目を押すように言った。

「苦労して捕まえたんでしょ～。彼が吸わないのに、彼女が吸いまくりなんて絶対ないって！」

忠告にエミと呼ばれた彼女は不貞腐《ふてくさ》れて一層煙を吹かし始めたが、名久井のライターで火をつける手は一瞬止まってしまった。

「これ、もう外しとくぞ～！　金銀モールってクリスマスじゃねぇんだからさぁ」

夜、仕事帰りの作業着姿のまま、浦木は実家の店にいた。

商店街で実家の営む『浦木インテリア館』だ。地元に根づいて手堅い経営を続けているものの、昨今は家具やインテリア用品は大型店での購入が一般的になっており、余分な人員を雇うまでのゆとりはない。

そこで、年末年始や棚卸時期になるとタダで使える次男坊は人手に加えさせられる。

今日は大掃除の手伝いだ。クリスマスの飾りつけの名残だったらしい金と銀のモールを絡みつけられた照明から外しながら、脚立の上の息子はほっと微かな溜め息をつく。

否応なしにクリスマスの記憶が甦《よみがえ》った。

不満があったわけじゃない。豪華な食事を堪能《たんのう》し、名久井とは翌日まで一緒に過ごすことができてなかなか充実したイブだった。

ホテルに泊まれなかったのは少し残念だったけれど——

残念といっても不服とは違う。べつに泊まる場所なんてどこでもよかった。むしろ自分は、今まで女の子にロマンティックなクリスマスを期待される度にめんどくさいと思ってしまうような、居酒屋と牛丼屋で間に合う人間だ。

ただ、本当にこれでいいのかと疑問が過ぎる。

今までどおりの気のおけない関係も悪くないけれど、親しさの一方で、名久井とはどこか距離を感じる。気がおけないのに心は遠いなんて、生じる矛盾は関係が恋人らしさに欠けるからであるのも判っている。

男同士の付き合い方はどうにも判らない。

相手が女の子ならまだ気の遣いようも心得ている。けれど、大事にしようとする度、名久井には『女じゃねぇんだから』とあのぶっきらぼうな口調で突き離される。

正直、本屋にゲイ向けの恋愛指南本でも売っていようものなら、うっかり手を伸ばしそうなくらい途方に暮れていた。

インターネットには男同士のセックスのやり方は載っていても、デートの仕方までは載っていなかった。名久井に訊《き》いても教えてくれるはずもなく、参考にゲイバーに行きたいと言ったら、『おまえはそんなとこ行かなくていい』と猛烈な勢いで拒否された。

——おまえはって、名久井さんは行ってるってことじゃないかよ。

その場で反論する頭の回らなかった自分を悔やむ。まさか今も行ったりはしていないだろうと思うけれど、あのセフレ野郎のこともあるし楽観はできない。

一番楽しいはずの付き合い始めに、キャッキャウフフの盛り上がりもなく悩んでるって、どういうことだ。

「……つか、なんで俺、こんなときに店の大掃除の手伝いをやらされてんだ」

握らされたハタキを手に、照明の埃《ほこり》を落として回る浦木はぼやく。九時を過ぎ、従業員もとっくに帰った店は身内しか残っていない。

本来であれば、浦木も家でのんびり、あわよくば名久井の家に押しかけたりもしていたはずの時刻だ。

「お兄ちゃん、どうせ家に帰ってもゴロゴロするだけでしょ〜。夕飯たかっといてそんなこと言う〜?」

声を響かせたのは、応接セットの周囲のガラス棚を磨く妹の実夏《みか》だった。店の裏手の家からは裏口で行き来できるようになっており、兄妹は食後に気軽に年末掃除に回された。

「母さんが煮物を作り過ぎたから食べに来いって言ったんだ。俺はいらないって言ったのに。食事で釣っといて、なにかと押しつけてくるんだよな……あっ、実夏、おまえなに休憩しようとしてんだ。そっち終わったんなら、こっち手伝え。おまえこそタダ飯食って小遣いまでもらってる身だろうが!」

「春兄《はるにい》みたいに、あたし背が高くないもん」

「脚立に乗るのに身長が関係あるか! まったく、いつも母さんと親父の前でだけいい顔しやがって」

現在高校生の妹は昔っからちゃっかり者の甘え上手で、手の抜き方を心得ている。

とはいえ、年の離れた妹となると可愛いところがあるのもまた事実。浦木は手伝えと強く言えずに一人掃除を続けた。

一つ終わったら、また次へ。脚立を移動させつつ黙々と地味な作業を続けていると、商談用の応接セットに置かれた菓子をソファに座って勝手に食べていた妹がまた声を上げた。

「お兄ちゃん、また振られたの～。今年って最多記録なんじゃない～？」

「……はぁ？」

実夏は開いた携帯電話の待ち受け画面を掲げ見せた。

「おまっ、勝手に人の携帯見んなっ！」

作業の邪魔になるからと、尻ポケットから出して置いていた自分の黒い携帯電話だ。

「春兄、いっつも彼女の写真を待ち受けにすんだもん、わかりやっす～。こないだもつまんない風景写真になってたけど、今度は犬～？　また誰かと別れちゃったんでしょ？」

下世話で噂話やら他人の恋話が好きな妹は、どうも母親に似通ったところがある。

「別れたんじゃない。ずっと同じ写真も飽きたから変えただけだ」

犬写真を選んだのは自分ではなく、名久井だった。飲んだ帰りに部屋に遊びに行った際、うとうとする間に悪戯《いたずら》でゴールデンレトリバーの壁紙に変更されていた。

なんで犬なんだか。『おまえに似てるから』とか言われて訳が判らない。自分はあんなぽやんとした締まりのない顔はしていない。

大型犬にしたってほかに選びようがあるだろうと、少しばかり不貞腐れた浦木は犬臭さの自覚など微塵《みじん》もなかった。

名久井に変えられて、そのままにしてしまうところはまさに犬と言えなくもないけれど。

「え、でもそしたらもうずっと彼女いないってこと？　前に女の写真だったのって……先月の初めぐらいだったと思うけど」

当たり前のように話すが、毎回チェックを入れているとはどういうつもりだ。

そもそも待ち受けの写真は、自分で設定していたわけではない。いつも言い寄られて交際を開始することの多かった彼女は、いわゆる肉食の能動的な女子ばかりで、恋人としての自分の存在も虫避《よ》けとばかりにアピールしたがった。

その一つが携帯電話の待ち受けだ。

人の携帯を片手に想像を巡らせる実夏は、行儀も悪くソファの上で膝を抱え、こちらを見上げた。

「すごい、春兄にそんなに長い間新しい彼女できないってもしかして初めて？　どうしちゃったの？」

「どうしたって……どうもしてないっていうか……いいだろ、べつに。人のことはほっとけ！」

彼女はいないけれど、恋人はいる。

けれどそれを、目を輝かせて身を乗り出し、恋話を聞きたがる妹に告げるわけにはいかない。

名久井との交際は当然だが秘密だ。なんだかんだいっても開けっぴろげで、歴代の彼女も家族に知られてしまうほど隠し事のない浦木には初めての事態だった。

脚立の上でハタキを握り締めたまま、不自然に誤魔化す兄を、妹は気の毒そうに仰いで言った。

「春兄、気を落とさないでね。イケメン力《りょく》がなくなったわけじゃないって！　いざとなったら、実夏の友達紹介してあげるから！」


十時過ぎにはお役御免になった浦木は店を出た。掃除の駄賃はよれたコンビニ袋で渡された缶ビール二本だ。

子供の手伝いの駄賃じゃあるまいしと思ったけれど、冬でもビールの浦木にはあって困るものでもないので、『ん』と二十代の息子らしい無愛想な返事をして母親から受け取って帰った。

妹にはくだらない詮索をするなと釘を刺しておいたが、どうせ口止めしたって家族にも触れて回るのだろう。

「まったく、ガキの友達の紹介なんかいるわけないだろ。言わないだけで、ラブラブな恋人ぐらいいるっての……」

しかも、今までになく夢中の秘密の恋人が。

冷たい空気が肌を刺す師走の夜道を歩く浦木は、作業着の上に羽織ったブルゾンのポケットから、携帯電話を取り出す。ゴールデンレトリバーが愛嬌《あいきょう》いっぱいでハアハアと舌を覗かせている待ち受けから、アドレス帳を開き、発信すると耳に押し当てた。

名久井の家は帰り道の途中だ。もう遅いけれど、もらったビールを仲よく一本ずつ飲むくらいの時間はあるはずと、歩きながら電話した。

「あ、名久井さ……」

名久井が出るのに少し時間がかかった。

『春綱、なんの用だ』

明らかに不機嫌と判る声。やや眠たげな声に、足を止めた浦木は思わず硬直する。

「え……」

『もう寝るところなんだ。なんか用事か？』

「えっと用事ってほどじゃないんですけど……近くに来たんでビールでもどうかと思って……」

『悪い、今度にしてくれ。じゃあな、おやすみ』

ぷつん。ラブラブな恋人との通話は途切れた。

通話時間十八秒。潔く電話は切れ、画面は再びハアハアと舌を出したレトリバーだ。

妹が見ていたら腹を抱えて笑うか、いよいよお友達でも紹介されそうな不遇に、「なんなんだよ」とぼやきつつ、名久井の家の前を通りかかる。

アパートの明かりは本当に消えていた。

布団に入るにはまだ到底早い時刻。体の具合でも悪いんだろうか。

解せない冷遇を受けた浦木は、ご主人に待ちぼうけを食らわされた犬のように二階の窓をしばらく見上げ続けた。

火曜の午後、馴染みの定食屋で昼食を終えて事務所に戻る名久井は不機嫌だった。カツ丼のカツが以前より小さくなったとか、セットのみそ汁のあさつきの量まで減っていたからとかではない。カツの大きさなど気づく余裕もなかったし、味すらよく判らず砂でも噛んでいるような昼食だった。

商店街を歩く間、どうにか気を鎮《しず》めようと深呼吸する。あと数日で年も変わる。年末の活気ある商店街には様々な匂いが漂っている。炭火焼の焼き鳥の匂い、焼き立てパンの匂い、お好み焼きに焼きモロコシ。食べ物関係ばかりだが、中には仏壇屋の線香の香りや、花屋のバラの芳香もある。

けれど、どれも名久井の求める匂いではない。

無駄に多く息をつく名久井は、事務所に帰りついてからも無意識に鼻を利かせた。事務所には女子社員の持参の弁当の残り香が漂っており、奥の作業場に入ると、塗料や接着剤の化学物質の刺激臭が鼻をツンと突いた。

求める匂いを探してフラフラと彷徨《さまよ》う名久井の目に、隅の窓際に佇《たたず》む中年男の姿が飛び込んでくる。窓を全開にした職場公認の喫煙場所で、古びたスタンド灰皿を前に煙草を吸っているのは社長の附田《つくだ》だ。

数メートル手前で足を止め、じっと見つめてしまった名久井に、男は怪訝そうな顔をした。

「おう、満。どうした、なんか顔色が変だぞ?」

社長とは思えないほどフランクなオヤジは、ぷはーっと見るからに美味《うま》そうに煙草を吹かして声をかけてくる。

「ちょっと寝不足で……」

「なんだ、夜更かしでもしたのか? 若いからって無理してるとがくっとくるぞ」

「ええまぁ……仕事に戻ります」

「って、ちょっと待てよ。まだおまえ昼休みだろうが、一服付き合え」

「いや、今日はいいです。気分じゃないんで」

「はぁ? おいおい、筋金入りのスモーカーのおまえが煙草も吸いたくねぇって、本格的に具合悪いんじゃないのか? 大丈夫か? 言ってみろ、どこが悪いんだ?」

日頃は憩いの場として過ごしていた喫煙場所から、一刻も早く離れようと背を向ける名久井の腕を、附田はむんずと引っ掴《つか》む。男が右手の指に挟んだままの煙草の煙がふわりと渦を巻き、名久井の鼻孔を擽るように刺激した。

代替えなど存在しない、唯一無二の芳《かぐわ》しい香り。

嫌煙家は眉を顰《ひそ》める悪臭に、名久井は思わずうっとりと目を細めて鼻をひくつかせ、これぞ求めたものとばかりに大きく吸い込む。

はっと我に返って、男の手を振り払った。

「俺に煙草を近づけないでください、禁煙してるんですっ！」

社員に怒鳴りつけられた附田は、ポカンとした顔になった。

禁煙なんて想定外に違いない。

「……いつから？」

「……き、昨日から」

「昨日の何時だ？」

「昼からです」

名久井がにわかに禁煙を決意したのは、昨日打ち合わせで訪ねた喫茶店の帰り道だった。

むろん楽にできるはずがない。へビースモーカーに陥ってから煙草を長く吸わなかったのは、インフルエンザで高熱を出した二日間ぐらいだ。それでも丸一日以上吸わなかった経験があるのだから、半日ぐらいは楽にいけるだろうと思いきやとんでもなかった。

寝ても覚めても煙草のことを考える。昨夜は寝てしまえばなんとかなると、早くに布団に入ったが寝つけず、羊の代わりに煙草を数えた。禁煙は来週からにしようとか、とりあえず減煙でどうだなどと、度々誘惑に屈しそうになる。

これほど辛いとはだ。数日もすれば物理的な中毒症状は抜けるという通説だけが、今は心の支えになっている。

名久井は一晩で精気が根こそぎ吸い取られたみたいにげっそりとやつれ果て、まさに病人の顔だった。

「昨日の昼からっていうと、まだ二十四時間か……おし、失敗の可能性は高いな！」

名久井の苦しみを余所《よそ》に、附田はガハハと奥歯まで覗かせて高笑いする。

「なんですかそれ、俺に禁煙成功させたくないんですか!?」

「死なばもろとも、おまえだけ沈みゆく船から一抜けしようなんて、そうは問屋が卸すか！」

「社長、醜いですね。心が狭過ぎじゃないすか？　社員が禁煙するって言ったら普通応援するとこでしょ」

「俺だって止められるものなら止めてぇんだ。家じゃカミサンと娘に汚物みたいに扱われるわ、健康診断じゃ医者にさっさとやめろと毎年脅されるわで、プレッシャー抱えながらこうして味わってんだよ」

多くの愛煙家が覚えているであろう悲哀を滲《にじ》ませつつ、懲りずに煙を吹かす男は、触れられたくない部分に踏み込んできた。

「しかし、またどうしたんだ急に。おまえだけは誰が止めても止めないもんだと思ってたんだけどなぁ」

「喫煙をめぐる社会情勢に屈したんですよ。このまま吸い続けても値は上がる一方だし、世間の風当たりはキツイし、税金がっぽり取られてるってのに街じゃ喫煙場所一つ探すのも大変で、携帯灰皿取り出せば冷たい目で見られて、しまいには『ここは喫煙禁止です』って追い払われるんですからね……理不尽過ぎてもうやってらんねぇって感じですよ、ホント」

またつらつらと用意したように理由を語る名久井だが、そんな厳しい環境は何年も前から判っていた話だ。喫煙者は皆、社会の冷たい仕打ちに堪え、スモーカーになってしまった自分に臍《ほぞ》を噛みつつフィルターを咥えている。

名久井とてそうして向かい風に負けじと突き進んできたわけだが……この時期に突然禁煙に踏み切ったのは、やはり浦木が絡んでいた。

付き合い始めてからは家に通う回数も増え、今まではなかった泊まるなんて行為も出てきた。自分の部屋で吸うのはいいが、浦木の部屋では気が引ける。

本気のしかめっ面を見せることはないけれど、非喫煙者の浦木は当然煙草は苦手だ。それなのに、交際相手がヘビースモーカーってのはどうだ。

ただでさえ男相手なんてイレギュラーな付き合いをさせているのに、ヤニ臭い恋人じゃそのうち抱く気だって失うかもしれない。

浦木本人には、『山で遭難して飲まず食わずだろうと、おにぎりと煙草を差し出されたら煙草を先に取る』なんて豪語した名久井だが、現実は惚れた弱味で無視できない。

元々、強気なのはポーズばかりで、ネガティブ思考の名久井だ。女でさえスモーカーは振られやすいなんて喫茶店の立ち聞きに脅され、弱気にもならざるを得なかった。

「そうか……満、おまえもいろいろ追い詰められてたんだなぁ。そこまで決意してるなら、皆にも協力するように言おうか?」

熱弁に丸め込まれた社長は人情味のあるところを覗かせ、朝礼で全社員に周知徹底でもされそうな雲行きに慌てる。

「そ、それはちょっと……社長、すみませんが禁煙のことは誰にも言わないでください。その……失敗したら恥ずかしいんで」

知られたくないのは浦木一人だ。浦木のために禁煙に踏み切りながらも、それを本人に知られるのは体裁が悪いなんて、ネガティブな上に見栄っ張りも甚だしい。

「失敗しそうな不安があるのか! そうかそうか」

応援する気配はどこへやら、途端に附田は顔をニヤつかせ、咳払いを一つした。

「まぁ、俺はおまえが今までと変わらずデキる社員でいてくれるなら、どっちでもいいんだがな。ちょうどおまえ向きの仕事が来たところなんだ」

「俺向き……ですか?」

「レストランのリフォームだ。ビストロアリエ。オーナーの親父は俺の中学の同級生でな、店オープンしたときもうちに依頼してくれたんだよ。もう十五年は前だ」

「そうなんですか、それで今度も……ありがたい話ですね」

「それがなぁ、今回は息子が気合入れて洒落た内装にしたがってて、人気のデザイン事務所にデザインから依頼するってんだよ。親父と揉めて、施工だけをうちでやるってことになった」

煙草を一息吸った男は溜め息混じりの煙を吐く。煙を吸うまいと一歩身を引かせつつ、名久井は確認した。

「じゃあ、そのデザイン事務所との共同作業ですか？」

「まぁ、おまえなら相手の意向も汲《く》み取って上手《うま》くやるだろうと思ってな。事務所もよく知るところだし」

「……え？」

思いがけない言葉に息を飲む。

附田は長い間耳にしていなかった会社の名を口にした。

「ナインパースデザイン。あれだ、おまえが前に勤めてたとこだよ」


社長の同級生が営んでいるフレンチレストラン、ビストロアリエは、電車で一駅の程近い場所にあった。繁華街よりも住宅地に近く、静かな通りに店を構えた隠れ家的な趣のビストロだ。

年内に打ち合わせだけでもすませたいという先方の希望で、翌日の午前中に訪れることになた名久井は、浦木を連れていた。

「名久井さん、なんか顔色が変っすよ」

携帯電話の地図で店を確認しながら口数少なく歩く名久井を、浦木は隣から心配そうに窺ってくる。

「ちょっと寝不足なだけだ。最近寝つきが悪くてな」

「そういや一昨日早く寝てましたね。あれから眠れなかったんですか？」

「あ……うん、まぁな」

「具合悪いなら遠慮せず言ってくださいよ？　俺、ちゃんとサポートしますから」

気遣いの言葉に、名久井は生返事で歩き続けた。

まさか禁煙のせいで調子が出ないなんて言えるわけがない。

——打ち合わせぐらい一人で大丈夫だっつったのに。

朝礼の後、『春綱も一緒に連れて行け』と言ってきたのは社長だ。浦木は昨日までかかりきりだったマンションのフローリング作業が終わったところで、今日は一日暇を持て余しているらしい。

どの道、今回の依頼は一人では仕上げきれない。それほど広い店ではないが、短期間で上げるなら作業に三、四人は欲しいところだ。

退職した会社と連携を取っての仕事。社長は嫌ならほかの者に回しても構わないと言ってくれたが、名久井は大丈夫だと応えた。

べつに仕事でトラブルを起こして辞めたわけではない。当時、付き合っていた上司の男が結婚すると言い出し、会社にいるのが苦痛になって衝動的に辞めてしまったのだ。

昔のことだし、そんな私情を理由に仕事を選ぶようではプロ失格になる。

それにしても、まさか浦木と行くことになるとは思っていなかった。

名久井の顔色のいくらかはそのことにもあるとは知らず、相変わらずのキラキラした平和なオーラを振りまいて歩く男は、作業着の胸元を見下ろし服装の心配なんぞをしている。

「けど、打ち合わせってこの格好でよかったんですかね。向こうは洒落たインテリアデザイン事務所の社員なんでしょ？　やっぱスーツで来るんじゃないんすか。それとも今風に私服の会社かなぁ……こう、こなれたモデルみたいな格好で来たらどうします？　いかにもデザイナーでございますって感じの」

「作業着は俺らの制服だ。気後れする必要なんかあるか」

「マジすか、そんなの初耳ですけど」

仕事の大半を作業着姿でこなしていると言っても、細かい規定があるわけではない。今日は浦木は黒っぽいグレーで、名久井は淡いベージュ。個人の好みとその日の気分で色も変えてよしの自由な職場だ。

禁煙を始めてからずっとしかめっ面の名久井だったが、隣の男の顔を仰ぐとふっと笑みが零れた。

浦木と話をしているとなんだか和む。

身構える必要はない。もう退社して四年も過ぎ、見知らぬ会社に等しく、インテリアデザイン事務所の中では大手だから、ろくに口を利いたことのない者もいるほどデザイナーの数も多かった。

あの頃、グループリーダーだった男は今頃現場に来ない課長クラスになっているだろう。

「待ってました、どうぞどうぞ。今日は店休日なんでゆっくりしてもらって構いません」

店に辿り着くと、まずはオーナーシェフで依頼主の有江《ありえ》が出迎えた。

「デザイン事務所の方はもう来られてます」

そう言って案内されたのは窓際のテーブル席だ。小花の飾られた、日頃は女性客がランチを楽しんでいそうな木目のテーブルに、二人のスーツ姿の男が着いており、こちらの姿に気がつくと立ち上がった。

一人は背が高く、やや神経質そうだが清潔感のある顔立ちで、華奢《きゃしゃ》なフレームのメガネをかけた男だった。

「どうも、初めまして。今回共同でリフォームに当たらせていただきます、ナインパースの小《お》貫《ぬき》と申し……」

一礼をして名刺を出そうとした男の動きがぴたりと止まる。

名久井を目にした瞬間だった。

「……満くん？」

その姿の前に、身を強張《こわば》らせたのは名久井も同じだったが、すぐに作業着の胸ポケットから名刺入れを取り出し、男に向けて一枚ついと差し出した。

「はじめまして、ツクダ内装の名久井です。こっちは……」

「あ……ああ、浦木です。よろしくお願いします」

明らかに顔見知りの反応を見せた男に、浦木も訝《いぶか》る表情を浮かべていたが、脇を肘《ひじ》で小突けば名刺を出す。小貫の連れの部下も挨拶《あいさつ》を始め、オーナーの有江も含めて互いを紹介し合った。

小貫則孝《のりたか》。名刺を受け取る必要もないほど知った、かつて上司であり恋人であった男だ。

――まさか本当に再会するとは。

もう三十代も後半にさしかかっているはずだ。以前より少し瘦《や》せた感じはするものの、印象はほとんど変わりない。

引き攣りそうになる表情を堪《こら》え、目も合わさずに打ち合わせを進めようとすれば、相手も空気を察して素知らぬ顔で話を始めた。五人でテーブルを囲み、今回のリフォームのコンセプトを聞き終える頃には、まるで何事もなかったかのように和やかになっていた。

完成しているデザインと資料を見せられて驚いた。年明けから作業に入りたいとは聞いていたが、本当にすぐにも取りかかれるほど手はずは整っている。

「実はうちが提携している工事業者が入る予定で進めていたんですが、有江さんから施工はどうしてもそちらにお願いしたいという話が出まして」

積極的に口を出さないながらも、端に座って打ち合わせを聞いているオーナーの有江に、小貫は気遣うような目線を送りつつ言う。

「そうだったんですか、それで……いえ、有江さんがうちを強く推してくださったという話は社長から聞いていたんですが」

「割高になっても構わないから是非にと。お店はお客様のものですからね。うちとしましては、より納得のいく形になるのであれば異論はありません。ただイメージにズレが生じてはいけませんので、打ち合わせは綿密にさせていただければと思っています」

「もちろんです」

名久井は頷《うなず》いた。慣れた工事業者でなければやりにくいはずだが、小貫はオーナーの前だからいい顔を見せようとしているわけではないのだろう。

昔から依頼主の立場に立った親身な対応が評判の男だった。

話を聞いているうちに過去を思い出しそうになる。テーブルの書類の上に置かれた小貫の骨ばった手に目を留めてしまい、名久井は意識して書類に視線を移す。

店内の現状も見て回り、今後の作業日程なども決める話し合いは、二時間ほど費やした。

帰り際、挨拶をすませて先に店を出ようとすると、話をしていた部下を放り出して小貫は追

ってきた。

「名久井さん」

リフォーム前で、やや古臭い感じの漂う磨《す》りガラスのドアを開き、表に出ようとしていた名久井はちらと振り返った。

「いつからこの仕事を？」

会釈だけして出るつもりだったが、その言葉に足を止める。退社した後の動向を、小貫は知らなかったに違いない。

きっと気になっていたのだろう。急に会社を辞めた理由が自分にあるのを、小貫は判っていたはずだ。

名久井は作り笑いを浮かべて返した。

「四年ほど前です。まだ若輩者ですが、現場の数は充分こなさせてもらってますんで、ご安心ください」

「あ……」

慇懃《いんぎん》無礼《ぶれい》な受け答えに、男は気まずそうに視線を泳がせる。

「小貫さんはどうして現場に？　名刺を拝見したところ、課長となっていましたが」

「有江さんの息子さんは弟の友人で……」

「なんだかうちと事情が似てますね。それでは、年明け五日にまた」

二の句を継がせず今度こそ店を後にした。

ずっと浦木がなにか言いたげに自分を見ているのは判っていたけれど、応える余裕もなくただ真っ直ぐに前だけを見て歩く。太陽はちょうど天頂に昇り切ったあたりだろうか。来たときよりも日が眩《まぶ》しい。

十二月の終わりとは思えない、うららかな陽光だ。気持ちのよい日の光にもかかわらず、名久井は脈絡もなく考える。

煙草が吸いたい。

勃発《ぼっぱつ》した問題に気が逸《そ》れるどころか渇望した。それほど小貫との再会にストレスを覚えたということか。

「さっきの……小貫さんとは知り合いなんですよね？」

駅に着く手前の信号待ちの間に、ついに浦木が口を開いた。

「ん……まぁな」

「どういう関係なんですか？」

訳ありなのは見てとれただろう。和気藹々《わきあいあい》と昔話に花でも咲かせていたほうが、きっと余計な詮索も受けずにすんだに違いなかったが、すべては後の祭りだ。

どう説明したものか。

二車線の広くない道幅の先にある信号の赤色を見つめ、頭を慌ただしく回していると、浦木が思いも寄らないことを言った。

「まさか、あの人もセフレだったとか言わないですよね」

「……違う」

西脇《にしわき》の一件で、自分のイメージは相当な遊び人になったらしい。自業自得だ。苦笑するしかない名久井は、困ったような表情を浮かべ、それから告げた。

「小貫さんとは、一時期付き合ってた」

「え……」

隣を見ると、浦木は目を瞠《みは》らせてこっちを見ていた。

嘘や誤魔化しは、余計な疑念を生むだけだと思った。もう四年以上も前の話で、自分にとっては思い出しもしなくなっていた過去のことだ。

「ナインパースは俺の前に勤めてた会社だ。あの人とは気が合って……合ったっていうのかな、入社してわりとすぐにお互いにゲイだって判ってさ。身近で偶然出会うなんて珍しいもんだから、なんか気心知れたっていうか……打ち解けてそういう関係になった」

言葉を失くした男に、名久井はサバサバとした口調で続けた。

「けど、結婚するって言われて半年持たなかったな。あの人、周りもそろそろ身を固める年齢だったからさ。親戚の用意した見合い話に乗っかって、俺とはそれっきり。まぁ、あんまりいい別れ方じゃあないよな……だから知らん顔した。それだけ」

信号が青になる。浦木は固まったままで歩き出そうとせず、名久井はその背を軽く押して促した。

「ああ、すみません。なんかびっくりして……」

「まだ訊きたいことあるか？　俺もいい年だから、昔話の一つや二つあるさ。おまえなんか元カノ何人いんだよ、自分でも把握できてないんじゃないのか？」

「まぁ……そうですね。名久井さんにも元カノ……元カレぐらいいますよね。今まで聞いたことなかったから、驚くっていうか……」

「そりゃあ……相手が男じゃ、軽々しく言えなかったからな」

とりあえず納得した様子の浦木にほっとしつつ、横断歩道を過ぎる。

停車した車から発せられる排ガスの臭いが微《かす》かに漂ってきて、煙草を吸えない気休めに、名久井は思わず大きく息を吸い込んだ。


正月休みは四日しかないが、零細企業のツクダ内装では一年を通して一番長い休暇だ。

ノープランで突入してしまえば、当然のように家でだらだらと迎えることになった。

「明日は初詣がてらドライブにでも行きませんか～？」

眠気覚ましに淹《い》れた二人分のコーヒーを両手に持ち、キッチンからリビングに戻ってきた浦《うら》木《き》は、コタツ布団を胸元まで被《かぶ》って座っている男に声をかけた。大晦日の昨夜から名久井《なくい》は泊まっていた。

「ん……そうだなぁ、いいかもな」

コタツに入って背を丸め気味にした名久井の視線は点けっぱなしのテレビに向いており、元旦とは思えない覇気のなさだ。

このところ、名久井は上の空になっていることが多い。職場でも、こうして仕事を離れて二人だけで会っていても。遠くを見つめるような目をして、時折大きく溜《た》め息をつく。

なにを考えているのだろうと思う。

疑問を覚える度に頭を過ぎるのは、打ち合わせの帰りに聞いた小貫《おぬき》のことだ。

そこまで告げられなかったが、会社を辞めた原因もその男にあるのだろう。だとすれば、昔の仕事について名久井が今まで話したがらなかった理由も納得ができる。

みっともないと自分でも思うけれど、名久井の過去の恋愛は気になる。自分だって昔の彼女がいるのは頭で判ってはいても、これは感情の問題だから厄介だ。

セフレだった男だけでなく、小貫まで自分とまるで違う年上の男というのも引っかかる原因かもしれなかった。本当はああいうのがタイプなのか——なんて、どこまでも格好悪い。

溜め息をつきたいのは自分のほうだったが、浦木は気を取り直して声をかける。

「昼飯どうしますか？　コンビニ行きます？　ちょっと歩けばファミレスぐらいだったら今日

も開いてるかな」

浦木はマグカップをテーブルに置きながら言う。眠気覚ましのコーヒーといっても、もう十二時を過ぎようとしていた。

年越しはテレビを見続けて夜更かしをしてしまい、そのままコタツで日が高くなるまで寝るという計画性のなさだった。

「おう、悪い」

受け取ったカップのコーヒーを一口飲み、再び空々しいほどに明るい正月のテレビ番組にぼうっと目を向けようとする名久井に、浦木は背後からそっと手を回した。

「春綱《はるつな》……？」

振り払われなかったのをいいことに、そのまま抱きしめてみる。

「二人用のお節でも買ってればよかったですね。すみません、気が利かなくて」

「べ、べつにそういう改まったこと、俺は興味ないし」

「はは、名久井さんはいっつもマイペースですもんね。そういや、あれ……灰皿、もしかして昨日から煙草《たばこ》吸ってないんじゃないですか？」

肩越しにコタツの上を見た浦木は、いつもは出している名久井用の灰皿を出さないままでいたことに、今更気がつく。

何故だか不貞腐《ふてくさ》れたような声をして名久井は応えた。

「……おまえが寝てる間に外で吸った。減煙してるからちょっと本数減らしてるんだ」

「減煙!? 名久井さんがですか？」

「なんだ、その大げさな反応は。俺だってちょっと減らすことぐらいはある。値は上がる一方だし、今までどおり好きに吸ってたら金が持たねぇし」

「金持たないって、どんだけ吸ってんですか」

「うっさいな。おまえには関係ない」

むっとした顔がこちらを仰ぎ見る。大人げない態度に呆《あき》れるべきところで、浦木がしたのは顔を近づけることだった。

唇を重ねる。むすりと引き結ばれていたのに、押しつけるとふにゃりと潰《つぶ》れた名久井の唇は柔らかかった。

もっともっと、押し潰したくなる。

「は、春綱……」

何度も繰り返すとちょっと戸惑いを見せ始めた男の両肩を摑《つか》み、浦木は重ね合わせた唇を捲《めく》り上げた。抉《こ》じ開けた内側へ舌を差し入れる。身を震わせた名久井は「んっ」と微《かす》かに鼻を鳴らし、それだけで下半身が熱くなる感じがした。

本数を減らしているからだろうか。確かに、名久井とキスをする際に時折感じていた煙草の苦みが、深く口づけても判らない。

煙草自体は得意ではないけれど、キスで味わうその苦味は嫌いではなかった。ほかの誰でもなく、名久井を手中にしているのだという征服欲のようなものが満たされる。

痕跡《こんせき》を求めるように舌を動かし、口腔《こうこう》深いところまで舐《な》め尽くした。舌の根を探り、裏まで舐め取って、最後はからませ合ってからゆっくりと抜き出せば、自分を見つめる眸《ひとみ》が熱っぽく揺れていた。

そんな目をされたら堪《たま》らない。

「……名久井さん、今日も泊まってってってください」

「え、そんな……正月中、おまえの家に泊まる気はないぞ」

「でも実家帰ったりしないんでしょ？　だったら、ずっと居たっていいじゃないですか。年越しはテレビばっか観ててなんにもできなかったし」

「なんにもって、ちょっとおまえ……どこ触ってっ……」

男のわりに細いウエストから腰へと手を這《は》い下ろす。抱きしめてキスをするだけじゃ物足りなくなってしまい、やや強引に身を捩らせると、カーペットの上へと押し倒した。

「どうせなら、年越しはベッドの上でハッピーニューイヤーってやればよかったな」

笑いかけると、照れたのか名久井はついと目線を逸《そ》らした。年上で、ずっと頼りにしてきた先輩なのに、そんな表情をされると可愛いと思ってしまう。

——自分のものだ。

この人は今もう、自分だけのもの。

深く覆い被さり、首筋へ顔を埋める。その肌の匂いを嗅《か》ぎ取るかのようにクンと鼻をひくつかせ、うっとりと唇を押し当てながら浦木はくぐもる声で告げた。

「名久井さん、あけましておめでとうございます」

「な、何度言うつもりだよ」

「何度でも。二人で正月迎えるなんて初めてじゃないですか」

「二度目があるといいけどな」

「ひどいな、冗談でもそんなこと……」

天《あま》の邪鬼《じゃく》といおうか、まるで素直でない恋人に苦笑しつつ、その体を攻略しようと体をずらしたときだ。

頭上で無粋な音が鳴り始めた。

「……春綱、電話」

無視しようとしたけれど、名久井に言われて舌を打つ。

「ああもうっ、いいところだってのに！」

くすっと笑った男を横目に身を起こし、コタツの上の携帯電話を引っ摑んだ。

母からだった。遠方の息子じゃあるまいし、どうせ新年の挨拶《あいさつ》でもしようとかけてきたのだろうと電話に出ると、予想外の声が耳を劈《つんざ》いた。

『春綱、あんたいつこっちに来るの！　みんな待ってんのよ！』

「え……」

『正月はみんなで食事するのがうちのしきたりでしょう。お雑煮だってあんたの分も用意して待ってるんだから、ちゃんと来なさい』

　そんなしきたり聞いた覚えがない。

　確かに元旦を実家で過ごすことも多かったが、それは食事にありつくために行っただけで、決まり事ではなかったはず――

「ちょっ、ちょっと待ってくれよ、母さん。なに言ってんだよ、無理だから。今うちに客も来てんだ」

『お客さん？　誰なの？　あんた今、ずっと彼女もいないって実夏《みか》が言ってたけど』

　口の軽い妹は、やはり母にぺらぺらと話してしまったらしい。

「会社の先輩だよ」

『……って、名久井さん？　だったらうちに連れてらっしゃい。いつもあんたが世話になってるんだから、母さんも挨拶したいわ。そういえば名久井さんも一人暮らしじゃなかった？　みんなで正月祝いしましょう。そうよ、それがいいわ！』

「いいわって、ちょっと勝手に……」

　信じられない。

母は妙案を思いついたとばかりに命じ、一方的に通話は終わった。

「お母さん、なんだって？」

「正月だから飯食いに来いって。名久井さんも一緒に」

「ふうん、いいじゃないか。ちょうど昼飯どうするか考えてたところだし、ファミレスよりずっといいもの食べさせてくれるんだろう？」

名久井が嫌がれば、なにがなんでも断るつもりだったけれど、そう言われてしまうと拒む理由がない。乗っかった体を「じゃあ、行くか」とあっさり押し退けられ、浦木は食べ損ねた目の前の据《す》え膳《ぜん》に、拗《す》ねたい心境だ。

二人で商店街の裏にある家に向かう。

家族は揃《そろ》って待ちかねていた。両親に祖父母、兄と妹に、兄嫁と二歳の孫まで加わった八人だ。

「お兄ちゃん、あけおめ〜！　名久井さんも、おめでとうございます」

「ああ、おめでとさん」

「実夏ちゃん、あけましておめでとう」

浦木は不服そうな顔を隠そうともせず妹の出迎えを受けたが、外面のいい名久井は妹にも母やほかの家族にもにこやかに挨拶する。

「すみません、ご家族水入らずのところを僕まで呼ばれてしまって」

「あら、いいのよ。うちは元々大人数で、賑《にぎ》やかなのが好きだし。名久井さんなら家族同然の付き合いでしょ」

『さあさあ』と家の奥へ案内しながら、母はよそゆきの高い声で言う。

自分を訪ねて名久井が店に顔を出すことはあるが、いつから家族同然になったのか。これも長年商店街で店を営む一家の世渡り法か。揃いも揃って調子のいい家族だ。

食事は和室に用意されていた。ぐるっと皆で囲んで座ることになった座卓には、お節の重箱から刺身盛りや煮物まで、ところ狭しと載せられている。

名久井と浦木は空席を埋めるように隣に並び座った。

「すごいな！　こんな豪華な正月料理を見るのは初めてです」

名久井の褒め言葉に、母は上機嫌だ。

「そう？　ああ、そっちはね、惣菜《そうざい》屋のマルヨシさんとこで買ったんだけど、こっちの重箱は全部うちで作ったものなの。たくさん食べて行ってね。お雑煮もちゃんとあるのよ」

兄嫁である義姉が手際よく雑煮をお椀《わん》についで配り、新年の宴は始まった。浦木家の中では比較的口数の少ない父が、名久井にお猪口《ちょこ》を手渡し、徳利の日本酒を勧める。

正月料理の数々に箸《はし》を伸ばしながらも皆騒がしい。マイペースな祖父が好物の伊勢海老《いせえび》を独り占めしようとしたり、幼児の孫娘は伊達巻《だてま》きが母親の卵焼きと違うと言って駄々を捏《こ》ねたり、うるささと紙一重の賑やかさだ。

「名久井さん、黒豆も食べてね！　お母さんの炊いた黒豆美味《おい》しいの！　栗きんとんも一緒に入れてあげる～」

座卓の向こう岸からは、妹が料理を取った小皿を押しつけてくる。名久井はにこやかに受け取るが、浦木は頭を抱えたくなった。

「なんか騒がしくて、すみません」

「おまえの家族って感じだな」

「どういう意味ですか、それ。能天気ってことっすか？」

「いや、そうじゃなくて……明るくていいじゃないか」

隣を見ると、正月らしくめでたい金粉のまぶされた黒豆を一粒ずつ食べながら名久井は笑んでいた。

「名久井さんは兄弟いないんでしたね」

「ああ、親も仲悪かったからなぁ。子供の頃はデパートで買ったお節ぐらいは出てきたけど、それも中学ぐらいまでだったかな。おまえがちょっと羨《うらや》ましいよ」

「羨ましがられるようなもんじゃないですけど……」

そういえば名久井は沼田《ぬまた》の一件で揉《も》めたとき、自分のことを『幸せ家族だ』と言っていた。名久井自身はもう父親とは縁を切っているような話も。

家族について、名久井は今も多くは語りたがらない。

「えっと……こ、この肉巻きと鶏ハムも美味いんです。食べてください」

「おう、ありがとうな」

なんと返したらいいか判らず、咄嗟《とっさ》に妹と同じく小皿を押しつけると、名久井が笑ってくれてほっとした。今日は仕方なく付き合ってくれているものと思っていたけれど、そうでもないのかもしれない。

笑い合っていると、座卓の向こうから視線を感じた。数の子を食べながら妹がこちらをじっと見ている。

「お兄ちゃん、名久井さんと仲いいよね。そういえばクリスマスも名久井さんと食事に行ったんだって？」

「え……」

「友香《ともか》のお父さんがお兄ちゃんに食事のチケットあげたホテル。友香も家族で食事に行ってたんだってよ。それでお兄ちゃんを見かけたけど、てっきり彼女を連れてくると思ってたのに会社の人だったから、声かけづらかったって」

やはり名久井に羨まれるような環境ではまるでない。

妹にはチケットのことなど話していないのに、なにもかもが筒抜け。くれた得意先は、妹の親友の父親が経営する安田《やすだ》不動産で、この街の世間はあまりにも狭すぎる。

「『春綱くんなら彼女ぐらいいると思ってたのに、かえって悪いことしたかね〜』って、友香のお父さん、気にしてたらしいよ？」

「わ、悪いことなわけないだろ！　ありがたく使わせてもらったよ。美味い飯食うのは、べつに男と女じゃなくったっていいだろうが！」

しどろもどろだ。言い訳臭い発言をどう受け取ったのか、実夏は溜め息をついた。

「やせ我慢しちゃって。クリスマスイブなんだし、友達でもいいから女の子誘えばよかったのに。男二人で食事なんて、名久井さんだって無理に付き合ってくれたんじゃ……」

「そんなことねぇよ！　名久井さんとは前から約束してたし、俺はっ……」

俺は――

なにを口走ろうとしたのか、自分でもよく判らなかった。

気づけば騒がしかった周りまでシンとなって注目していた。父は口に運んだ猪口を手に、母は取ろうとしたニシンの昆布巻きを菜箸で挟んだまま膝立《ひざだ》ちで固まっている。

隣で名久井が冷静な声を発した。

「せっかくだから二人でテーブルマナーでも勉強しようって話になったんだ。いざというときに女性の前で恥かきたくないし、僕も美味しい食事は食べたかったしね」

自分の言い訳よりはよほど説得力がある。

「ふうん、確かにお兄ちゃん、普段はそんなとこ縁がないもんね～」

「全然行ったことがないみたいに言うな。俺だって、たまには……」

「だったら、ちょうどいいじゃない。あんた、見合いでもしちゃいなさいよ」

妹の納得した気配に安堵《あんど》したのも束の間、今度は母が脈絡のないことを言い出した。

「はあっ!?」

一難去ってまた一難だ。

「春綱、テーブルマナーのお勉強したんでしょ？」

「なんでそれが急に見合いになるんだよ」

「だって、あんたを婿に欲しいって人が結構いるんだもの。彼女もいないならちょうどいいでしょ。佐田《さた》歯科の娘さんなんてどう？　別嬪《べっぴん》さんだし、性格もよさそうよ？　トクタ税理士事務所のお嬢さんも悪くないわ。奥さんがあんたのファンでねぇ」

商店街のアイドルなんてたまに言われることがあるが、ふざけ半分で言われていると思っていた。

「みんな金持ちじゃないか。店の経営やばくなったら頼ろうって魂胆か？　冗談はやめてくれ」

「あはは、面白くなかった？」

「面白いわけないだろ。笑えねぇっての」

母は本気で気の利いたジョークでも言ったつもりらしい。見合いなんて考える年齢でもないし、そもそも考える余地もない。

息子の付き合っている相手なら隣に座っているというのに――

それが言えないのがこんなにもどかしいことだとは思わなかった。


「なんか、今日はすみません」

なんだかんだと主に母や妹が引き留めてくるせいで、結局家を出たのは夕方近くになってからだった。

一月一日。華やかなはずの日だというのに、ほとんどが休業でシャッターの下りた商店街を歩く浦木の表情は浮かない。人気《ひとけ》も少なく、冬の太陽は早くも沈まんとしていた。

商店街を抜けても薄暗い空の下で、コートの肩を寒そうにいからせ隣を歩く名久井は応えた。

「なんで謝るんだ？　お母さんのお節美味しかったよ。特に黒豆は絶品だった」

「俺は疲れました。ただでさえ騒々しくて疲れる家族だってのに、あんなことまで……明日は絶対邪魔はさせませんから！」

ノープランは返上し、ドライブがてら初詣に行く。昼間持ちかけた明日の予定は、なにがなんでも実行しようと浦木は意気込んだが、返ってきたのは予想外の素っ気ない返事だった。

「明日な……出かけるのはやめとく」

「えっ、なんで？　遠出してしまったほうが安全ですって。車で出てしまえばこっちのもんですよ！」

「ドライブまで俺と行ってるとこ見られたら、今度こそ言い訳できないだろ」

「なんでそこまでこそこそしなきゃならないんですか。べつに友達とでもドライブぐらいするでしょ、フツー」

「そうか？　俺は友達と正月休みに毎日べったり過ごしたりはしない」

「名久井さんはそうでも……」

思い直させようとするも、名久井は言い出すと頑《かたく》ななところがある。

「とにかく、行かないから」

きっぱりと言われてしまった。二の句を継がせない口調に、浦木は一瞬言葉を失う。けれど、『そうですか』と言いなりで受け入れる気にはなれず、問い詰めた。

「なんで……俺は名久井さんとデートがしたいです」

足を止めてしまった自分を、名久井は振り返り見る。白い顔は、日暮れの風と同じくらい冷ややりとした声を発した。

「今まで付き合ってた女みたいにか？　物足りないってことか？」

「そうじゃなくて！　ただ俺はもっと名久井さんといろんなとこ行きたいし、楽しみたいし」

ふっと表情を緩め、名久井は苦笑した。

「……俺は今までどおりでいい。おまえとはたまに飲みに行って、セックスして、それだけで充分だ」

まるで欲のないことを言う。

同性だから慎重にならないといけないのは判るけれども――

「そんなの、セフレんときと変わらないじゃないですか。いくら男同士だからって、名久井さん……俺ら付き合ってるんですよね？」

何気なく口にした言葉に返事がなかった。

「……嘘でしょ」

自分でも判るくらいに頬《ほお》が強張《こわば》るのを感じた。母親のセンスのないジョークよりも笑えない。

「付き合ってるよ。でもいつまで続けられるかは判らない。俺らの恋愛ってそういうもんだろ」

なにかすでに悟りでも開いて、諦《あきら》めきったような声だ。

「いつまでって……それを言い出したら、男と女のカップルだってみんな先は判らないじゃないですか。結婚したって離婚する人もいる」

「障害の大きさが違うよ」

「壁が現われたら名久井さんはすぐに諦めるつもりなんですか？　まさか、俺に本当に見合い話でも出ようもんなら、あっさり身を引くつもりじゃないでしょうね」

またしても返事はない。だんまりで歩く名久井の横顔を、浦木は険しい眼差しで見た。

華奢な男の首には、自分がクリスマスに渡したマフラーが回っている。何度も喜んだ素振りを見せる名久井ではないけれど、あの晩から仕事以外では巻いてくれているようだ。

自分を想ってくれているはずの男。やるせない思いで、浦木はぽつりと呟《つぶや》いた。

「信じらんないな」

それから家までは、ずっと互いに無言だった。


ビストロアリエの改装工事には、予定どおり正月明けの五日から入った。

「いやぁ、短期間でできるのか半信半疑だったんですけど、みるみるうちに仕上がって行きますなぁ」

塗装した窓枠の乾き具合を確認し、周囲を囲んだ養生用のビニールを名久井がテープごと剝《は》がしていると、オーナーの有江が声をかけてきた。七日間の予定の工期もすでに五日目を迎え、店内は仕上がりのイメージが目で確認できるほどだ。

床もカウンターも落ち着いたブラウンで、白壁に映える。随所にリサイクルウッドも用いたナチュラルな空間づくりだ。デザイナーの拘《こだわ》りのテーブルや小物はすでに買いつけられており、完成に合わせて納品される予定になっている。

「水周りの変更はありませんからね。フローリングと壁や天井のクロス替えだけでしたら、三日程でも仕上げられますよ。今回は玄関周りが凝ってるんで、そこまでの短期は無理でしたが」

店の表側の養生ビニールを剝がすと、完成したばかりのウッドデッキが露《あら》わになる。今回工程に時間を費やした部分の一つだ。基礎の根石を敷くだけでも一日かかる。デッキの設置をして、塗装をして、並行して店内のフローリングもやっていたから、最初の数日間は四人体制だった。

「デッキは息子の希望で、私は無駄だと思ってたんですが……こうしてみると、あるのとないのとじゃ随分イメージが変わりますね」

テーブルが一つおける程度の小さなオープンスペースだが、雰囲気を変える効果は抜群だ。

「仕上げに植え込みを用意するそうですから、緑や花が入ると一段と明るくなりますよ。夏場はオーニングをつけるといいですね」

「オーニング？」

「日避けです。こう軒に突っ張る形で、スクリーンの張り出す……」

質問に応える名久井は剝がしたビニールを小脇に抱え直す。オーナーのほうへ向き直ると、ふとその手元に目を留めた。デッキの手前の駐車スペースに立ち、こっちを見ている有江《ありえ》は、話しながら煙草を吹かしていた。

じっと食い入るように見てしまった。

有江は怪訝《けげん》な表情を浮かべる。

「あ、名久井さんも一服しますか？　作業でお疲れになったでしょ」

「いや、僕は煙草はちょっと……」

「ああ、吸わないんでしたっけ？　最近はめっきり吸う人も減りましたねぇ。息子にも舌が馬鹿になるから辞めろって言われて……はは、半人前の料理人のくせして、口だけは一丁前です」

名久井は言葉に曖昧《あいまい》に笑うしかなかった。

禁煙して約二週間、未だに煙草の呪縛《じゅばく》からは逃れられていない。食後の葛藤《かっとう》は一層激しく、アルコールなんて入れようものなら誘惑に負けそうになる。酒を飲んだのは元旦に浦木の家で勧められたときぐらいだ。

溜め息の数だけ年を取るというが、今や名久井の溜め息の数は生ける屍《しかばね》。ゾンビにでも変化していそうな具合だ。

とても非喫煙者といえる状況ではない。

後ろめたい思いで作業に戻ると、しばらくしてまた声をかけられた。

「今日はもう終わりそうですか」

その声にドキリとなる。背後に感じる人の気配をてっきり有江だと思っていたが、振り返って目にしたのはスーツにコートを羽織ったすらりとした男の姿だった。

「小貫さん……」

「近くまで来たんで、進行具合を見せてもらおうかと思って」

小貫は工事初日に来たきりで、すっかり気も緩んでいた。ほかの現場に駆り出された浦木は一昨日までしか来ていない。今日はもう一人別の作業員が入っていたが、それも先に帰らせてしまい、後片づけに残っているのは自分一人だ。

「進行具合は、今日も鈴木《すずき》さんが見に来られてましたよ」

「鈴木くんね……ツクダ内装さんは手際もよく、仕上がりも完璧《かんぺき》だと毎日報告してくれてるよ」

「でしたら……」

「この後、少し付き合ってくれないだろうか。よければ食事でも」

ストレートな小貫の誘いに、名久井は迷わず応えた。

「それは、工事についてまだ打ち合わせの必要があるということですか？」

「……はは、手厳しいな。僕はただ、君と少し話をしてみたかったんだが……大人しく諦めたほうがよさそうだね」

小貫は苦笑いしつつも、あっさりと引いた。

いつまでも自分などに固執する男とも思えない。たぶん昔話をしたくなったとか、そんな軽い気持ちなのだろう。小貫は性格的にもドライなところがある。情熱的に接するタイプの男ではなく、結局はそれが原因で別れたようなものだった。

「しかし、君も煙草を止めてるなんて思わなかったよ。昔は二人で飲みに行くとチェーンスモーキングになってしまって大変だったのに」

有江との話も聞いていたらしい。

何気ない言葉に、名久井は首を捻《ひね》って問い返した。

「……『も』って、まさか小貫さんも止めたんですか?」

「ああ、もう二年以上になるかな。社内の一ヶ所あった喫煙場所までとうとう撤去されちゃってね。それを機会に」

「撤去って、あの非常階段のところにあったやつ?」

「そうそう、あそこ落ち着いたし、社員同士のコミュニケーションにも役立ってたと思うんだけど……まぁ、コミュニケーションって言ったって喫煙者の間の話だから、吸わない人は面白くないか」

どことなく淋しげに男は笑った。

『じゃあ』とその場を去ろうとする小貫に名久井は咄嗟に声をかけた。

「小貫さん、待ってください」

小貫と自分がこうして向かい合う日が来るとは思ってもみなかった。

再会に感心しているのではない。テーブルに灰皿がないことが感慨深くてならなかった。小貫は自分に負けず劣らずの、筋金入りのスモーカーだった。まさか禁煙に成功しているとはだ。

「ニコチンの中毒度は低くて、肉体的には二日もあれば抜けるなんていうけど、僕は最初の一ヶ月は地獄だった。結局、禁煙補助薬の助けを借りてしまったよ。でも止め方は、人によるんじゃないかな」

バーの二人掛けの丸いテーブル席で、冷えて水滴の浮いたジントニックのグラスを指先でなぞりながら小貫は語る。

仕事終わりに、誘いに乗るというより自分から引き留めるという形で、名久井が小貫と向かったのは以前二人でもよく飲みに来ていたゲイバーだった。元々名久井の行きつけの店だ。今も時々は来ていたが、浦木にゲイであるのがバレてからは訪れていなかった。

禁煙の話を聞きたいだけなら、近場ですませればよかったけれど、ここなら絶対に浦木に見られることのない安心感はある。

微かな後ろ暗さを拭《ぬぐ》い去るように、名久井は問い返した。

「人によるってどういう意味ですか?」

「禁煙に踏み切るのはみんな理由があるだろう? それによって、禁煙法も合う合わないがあるんじゃないかと僕は思うんだ。たとえば金銭的な理由で止める人なら、禁煙で浮いた小銭を毎日貯めてみるとモチベーションに繋がるだろうし」

「なるほど……じゃあ、健康が心配で止めたいなら、健康被害についての本を読みまくって勉強してみるとか？」

「そうそう、漠然と煙草を吸わないでいるより効果あると思うよ。ていうか……君はお酒も止めようってんじゃないよね？」

小貫は名久井のウーロン茶のグラスに視線を送った。

「アルコール入れると余計に吸いたくなるんです」

「それで酒まで我慢してるの？　健気《けなげ》だね」

「世間の風当たりがここまで強くなるとは思ってもいませんでしたからね。いつかこういうバーですら吸えなくなる日が来るんじゃないですか？　今もすでにそういった話は出てますけど、こうなったら早く抜けたもん勝ちですね。どうせ今年もまた値が上がるんだろうし、給料は据え置きだってのに……」

いかにも世情に追い詰められたような愚痴を零《こぼ》しながら、ウーロン茶のグラスをぐいと呷《あお》ると、話を聞いていた小貫はぽつりと言った。

「君の今の彼は煙草を吸わないいんだね」

「え……」

「なんとなく、そんな気がしたから」

スーツの足を組み、片肘《かたひじ》をテーブルについてグラスを口元に運ぶ男は、驚いて凝視する名久井にふっと笑いかけた。

「ホントいうと、作業着を着替えてまで付き合ってくれるなんて、ちょっと期待してしまったんだけどね。最初の君の反応のほうが本物だったみたいだ。禁煙に興味があって誘いに乗ってくれただけなんだろう？」

図星を差され、息を飲む。

「そこまでして君に禁煙させる男に興味があるな」

「あいつはべつに……俺が自発的に止めたくなっただけです」

「どんな人？」

好奇心から尋ねているのだろう。小貫の言葉に、名久井は頭を巡らせる。

浦木は自分の傍にはいなかったタイプだ。イケメンのノンケでモテる男。それだけなら、初めて付き合った先輩とも、その後出会った男とも共通点はなくもないけれど、あんな屈託のない、傍にいる人間を明るくさせる男に出会ったのは初めてだった。

名久井はグラスを握り締めたまま顔を伏せ、微かに苦笑いして応える。

「いい奴ですよ。俺なんかと付き合わないほうがいいのにって、いつも思うんです。ノンケだし……なんていうか、あいつキラキラしてるし」

「君だってキラキラしてるよ」

顔を上げると、小貫は小さなテーブルの向こうから自分を見つめていた。

「満《みつる》くん、僕はね、君と別れてしまったのを正直ずっと後悔していた」

「……今更いいですよ。そんな話は」

「伝えてどうにかなると思ってるわけじゃない。ただ……妻とは一年持たずに別れてしまってね。やっぱり女性を愛せないのに、結婚すればどうにかなるなんて考えは甘かったようだ」

言われてみれば、小貫の左手に結婚指輪はない。

「大丈夫なんですか？」

「大丈夫って？　君は世間体のために僕が見合いを受けたと思ってるだろう？」

思わず心配してしまった名久井に、男は苦み走った表情を浮かべる。

結婚は将来と体裁を考えてのことではなかったのか。

「なんにせよ、彼女にも君にも不誠実な態度を取った結果だよ。一生一人で過ごすことになっても、しょうがないと思ってる。僕は人を試すような真似をした」

「試す？　それはどういう……」

男の顔を食い入るように見ていた名久井は、視線を感じて目線を移した。奥側の席からは小貫のスーツの肩越しにバーの様子が広く見渡せ、三つほど先のテーブルの今入ってきたばかりと見える客が、コートを脱ぎながらじっとこちらを見ていた。

名久井の視線に気づいた小貫が問う。

「どうかした？」

「いえ、知り合いが……」

コートを脱ぎ終えた客は、連れの若い男に何事か声をかけ、臆《おく》することなく自分の元へ真っ直ぐ近づいてきた。

「こんばんは、久しぶりだね」

「西脇《にしわき》さん……」

あの夜、車で走り去る姿を見送って以来、西脇には会っていなかった。にわかに緊張する名久井に、仕事帰りなのかスーツ姿の男はいつもの調子で緩く笑んだ。

「見間違いかと思ったよ。イケメンくんは、ちょっと見ない間にやけに大人になったなぁなんて」

チラと同席の小貫に目線を送る。一瞬意味を量りかねたが、こんな場所で浦木ではなくほかの男といるのを揶揄《からか》っているらしい。

「冗談はやめてください。この方は……昔の知り合いです」

困惑して返す。関係を説明するのにもたついてしまい、こう見えて聡明な弁護士である西脇には、すべて見透かされてしまった気がした。

「西脇さんは今日は飲みに来たんですか？」

「まぁね、バーにそれ以外の理由で来ないだろう？　気に入ってた子に振られて傷心なんで、新しい恋を探してるところでね」

「あ……」

『そうですか』なんて素っ気なさ過ぎる相槌《あいづち》も、『頑張ってください』なんて他人事の励ましも、言える立場ではない。

返事を躊躇《ためら》う名久井の後頭部をポンとひと撫《な》でし、西脇は自嘲的《じちょうてき》な笑みを浮かべた。

「そんな顔させる程度には、ようやく俺の気持ちも伝わったってことかな。随分遅過ぎたようだけど」


冬は肉まん、夏はスイカ。正月明けは焼いた餅がお茶うけに出てくることもある。なにかといえば、現場で作業中に出される労《ねぎら》いの品だ。一般家庭ではその率が高く、顔馴染《かおなじ》みの客ともなると、昼飯や夕飯まで出されそうになる。心遣いはありがたいけれど、夏場に行く先々で冷たいお茶とスイカを出された日には、笑顔で食すところまでが仕事になってきたりもする。

この日は香ばしく焼けた焼き芋だった。

お茶で流し込む浦木に、客である家の奥さんは愛想よく言った。

「はぁ〜、ホント、おかげさまで洗面所が見違えたわ。今日はありがとう」

仕事の締めは、芋を片手に奥さんの旦那の愚痴や育児の悩みを聞き、浦木は玄関まで見送られた。

「いえ、こちらこそありがとうございました。またなにかあったら気軽にご相談ください」

戸建ての家で、庭先まで出て見送る主婦に、浦木は最後まで笑顔で応対したが、背を向けた途端に『ふう』と溜め息が零れた。

白い歯を見せるのは営業スマイルで、話を聞くのが億劫《おっくう》だったとかではない。

正月以降、名久井と揉めたせいで溜め息まで移ったようになっている。どうもあれから名久井に距離を置かれ、避けられている気がしてならない。セックスと飲みに行くのはOKだと言ったくせに、いつもの居酒屋に誘っても、なにかと理由をつけて断られる。

やっぱり、揉めたのが原因だと思うのだが、そのくせ『ごめんな、近いうちにな』なんて急に謝ってきたりもして、名久井の考えていることが判らない。

自分は正直、あまり察しのいいほうではない。鬱憤《うっぷん》をぶちまけて告白されたときのように、なにもかも話してくれたらいいのにと思ってしまうのは、虫がよ過ぎるだろうか。

名久井は怒っていたのに、あのときは嬉《うれ》しくてならなかった。

片想いを明かされてどんなに自分が嬉しかったか。名久井は判っていない気がする。

なにもかもが、上手《うま》く伝わっていない気がしてもどかしい。正月もあんなこと、言わなけりゃよかった。名久井が本心を窺《うかが》わせない性格であるのはもう重々知っていたはずなのに、大人げなく突っかかってしまったのは、自分もきっと不安だからだ。

もっと名久井に好かれているという確証が欲しい。時々でいいから、素直な言葉を聞かせてほしい。

――――けど、あんな素直な名久井さん、そうそう見られないんだろうな。

宝くじに当たるくらいの確率か。年末ジャンボ……いや、ロト6、キャリーオーバー中だ。

「……はぁ」

うっかりまた溜め息が零れる。日暮れの空の下、近くに駐めていた社用車まで向かった浦木は、抱えた作業道具を詰め込んで事務所に戻った。

名久井はまだ現場から戻っていなかった。定時は過ぎており、事務所の入り口のソファにふんぞり返ってスポーツ新聞を読むオヤジ……社長に、『サービス残業させてるとでも思われたらかなわん、早く帰れ』と帰りを急《せ》かされ、浦木は家路についた。

母親から夕飯を食べに来いとメールが入っていたのを思い出し、マンションではなく商店街に向かった。まだ営業している店の多い時間で、通りは賑やかで明るい。

「……ん？」

浦木インテリア館も皓々《こうこう》とした明かりが灯っており、目を向けた浦木は訝《いぶか》る顔になった。

商談スペースに人影がある。入ってすぐの応接セットのソファに座っている男は、見覚えのある姿だ。

「はぁっ⁉」

思わず声を上げてしまった。足早に近づいてみれば、タートルネックにウールのズボンで足を組んだ男は、ガラス越しにひらひらと手を振った。

「なっ、なんであんたがココにいるんだ？」

飛び込んだ店で、浦木が息も荒く詰め寄ったのは西脇だ。

「あ、そういう態度する？　一応、お客様なんだけどな。よさそうなクッションカバーがあったんで買わせてもらったよ。今のはもう長く使ってるから飽きてきちゃってね」

ソファの傍《かたわ》らに置いた商品の入った紙袋をポンと叩《たた》き、にやりと笑う。状況がどうにも解せず、浦木はポカンとさせられた。

「クッションカバー買いに来たんですか？」

そんなわけがない。この店だって品質には自信はあるが、目の前の西脇とかいう男は、ラグジュアリーなお高いインテリアショップでラグマットから便座カバーまで買っていそうな男だ。

「おまえの家は知らないからさぁ、店に来てみた。さっきカバー一緒に見てくれたお母さんに訊《き》いたら、今日は夕方来る予定だって言うから、ちょうどいいと思って待たせてもらったよ」

母親の出したらしいカップのコーヒーの残りを、優雅な手つきで飲みながら西脇は応える。

それで、何故自分の実家の家業を知っているのか。

名久井が話したなら、なんのために？

口を開きかけた浦木に構わず、西脇は問う。

「最近、満とはどう？　仲良くやってる？」

「え……」

今の自分との関係について知ってるような口ぶりだ。

親しげに満と呼び捨てにする年上の男に、年齢というどうにも太刀打ちできないものへの歯がゆさを覚えながらも、浦木は精一杯の虚勢で応える。

「もちろん仲よくしてますよ。そんなこと訊きにわざわざ来たんですか？　名久井さんとはラブラブなんで、ご心配には及びません。仕事も一緒だし、家も近所だし、昼も夜も傍に居られて幸せ過ぎて怖いってなもんで……」

説得力を持たせねばと無駄に言葉を重ねた。

真っ直ぐにこちらを見つめて話を聞いていた男は、ふっと視線を逸らしたかと思うと、上質のニットの肩を小刻みに震わせ笑い始めた。

「なっ、なにが可笑《おか》しいんですか!?」

手にしたカップをテーブルのソーサーに戻し、西脇は明瞭《めいりょう》な口調で言った。

「昨日久しぶりに満に会ったよ」

その一言で、みるみるうちに浦木の表情は強張る。

「やだな、早合点で誤解しないでくれ。俺とデートじゃない、偶然だよ。馴染みの店に行ったら満がいるもんだから、びっくりしてさ」

「馴染みの店……って？」

「ゲイバーだよ。満と行ってない？」

行きたいと言ったが断られた。まさかそれを知ってのことではないだろうけれど、痛烈な皮肉同然の言葉だ。

「名久井さんは一人で？」

問う声は自然と低く冷えた。

「あいつの場合、一人で行ってもすぐナンパされて一人じゃなくなるだろうね。初めて見る顔の男といたよ。ナンパじゃなくて、昔の知り合いだそうだ」

考えようとする以前に、パッと閃《ひらめ》くようにある男の名前が飛び出す。

「小貫って人？」

「さぁ、名前までは訊かなかったな」

「あんたよりもっと年上で、なんかこう、色白で優顔の……いや、神経質そうな眼鏡《めがね》の男だ。背は高くてスーツの！」

応接セットの手前に立つ浦木は、無意識にソファのほうへとにじり寄る。興奮気味に身を乗り出す自分を、真意の判らない目で仰ぐ男は、ただ冷静にぽつりと返した。

「おまえは知ってるんだ？」

「知ってるっていうか……」

「べつに俺はもう満とは関係ないと思ってるからね。あの男とどういう関係かなんて知らなくていいよ。ただ、ワケアリって感じだったな……深刻そうな顔しちゃって、バーの奥で二人きりで話し込んでんだもの。イケメンの彼氏はどうしたのかねぇって気になるだろ？」

「それであんた、わざわざ知らせに？」

元々素性も性格も知った男ではないが、セフレと聞かされて嫉妬《しっと》にさいなまれていた自分は平常心を失っていた。鼻持ちならない男に見えて、実は気のいい人格者なのだろうか。

西脇は否定するかのように、くくっとシニカルに笑って応えた。

「嫌がらせだよ。あいつはおまえには絶対知られたくないだろうからね。せいぜいひと悶着《もんちゃく》やって、別れるなりしてくれ」

「ひと悶着って……あんたが横槍《よこやり》しなくても、あの人は判らないところばっかだし」

つい気を許してしまい、虚勢はどこへやらで本音がぽろりと零れる。

「おや、急に弱気だな。満ほど判りやすい奴もいないだろ」

「判りやすい？　あんたの前でだけは名久井さんは素直だったとでも？」

「バカだねぇ、あいつはただおまえを好きなだけだよ。俺が出会ってから二年半以上の間も休まずずーっとな。そのうち気が変わるだろうと思って、こっちも気長に待ってたのに、結果は大負けだ。コツコツ積んできた投資が一気にパア、紙屑《かみくず》にでもなったみたいなもんだ」

掲げた手を開いて、西脇は紙切れを散らすような仕草を見せた。おどけた口調で言ってみせるが、西脇が本当はどんな思いで名久井の傍にいたのかが判った気がした。

「あんた……」

「まぁ、途中から諦めてたよ。なんで俺がおまえの実家まで知ってると思う？　おまえの好物や、家族構成や、犬みたいな性格で八方美人だってことまで知らされなきゃならない？　ちゃんと話すのは今日が初めてだってのに、うんざりするほど俺は知ってる」

どう応えていいのか判らなかった。

理由を知れば、西脇がここに来たのを嫌だとは思えなくなっていた。名久井はどんな思いで、自分のことを話していたのだろう。

「ちゃんと捕まえておけ」

「……けど、捕まえようにも逃げられるっていうか……なかなか思ってること言わない人だから」

「そんなの知るか。おまえのテクで本音ぐらい言わせろよ。見かけ倒しのイケメンくんか？　おまえ、まさかテクナシのヘタクソなんじゃないだろうな？」

「違いますよ」

いつかの名久井とのやり取りみたいな会話に、むっと言い返す。上品ぶっているかと思えば、身も蓋《ふた》もない下品な比喩《ひゆ》で煽《あお》る男は、言い終えると『さて』と立ち上がった。

「いいクッションカバーも手に入れたし、帰るわ」

別れを惜しむ言葉など当然なく、あっさりと戸口に向かう男に浦木は声をかけた。

「西脇さん」

「ん？」

「どうもありがとうございます」

言われっ放しでボディにパンチを食らったものの、ここは礼を言うところだろう。感謝もできないほど、自分は子供じみてはいない。

「ホント、あいつの言ってたとおりの奴」

西脇はどこか悔しげな表情を垣間見せ《かいまみ》、それから紙袋を手に出て行った。後には立ち尽くす浦木だけが取り残される。

なにもまだ解決してはいない。

ヒントは与えられたが、浦木は解決方法を得たわけではなかった。

西脇の座っていたソファへどさりと腰を落とすと、誰もいないとばかり思っていた店の奥から母親が出てきた。

「あら、お客さん、もう帰っちゃったの？　あんたに会いたいって一時間以上もあの人待ってらしたのよ」

「ちゃんと話したよ」

「そう、ならよかったけど。そうそう、今日はあんたに話があって呼んだの」

夕飯のために呼んだのではないのか。

いつも食事を餌《えさ》に息子を実家に呼び寄せようとする母親だが、本来の目的を隠すときにはろくなことがない。

また店の掃除か、店番か。タダでクロスの張り替えをやれとでもいうのか。

身構える浦木に、母親は不測の話を持ちかけてきた。

「春綱、聞いてちょうだい。あんたにとてもいい見合い話が来てるの」


日が暮れて辺りが真っ暗になると、明かりが灯るのは街灯や看板だけでなく、自動販売機もだ。

商店街もほとんどの店が閉店で明かりを落とした時刻、名久井はアーケードを出たところで足止めを食らっていた。誰かに引き留められたわけではなく、眩《まばゆ》い明かりで存在を主張する煙草の自販機の前で足が動かなくなった。

今までは行きつけの店のように利用していた自販機だ。ガラス越しに並んだパッケージを前に、ゴクリと唾《つば》を飲む。財布に成人識別のICカードなら入っている。ここで小銭を投入し、煙草を買うのは容易だ。

ちょっとした誘惑で葛藤するくらいなら、ICカードを処分してしまえばいいのにと誰もが思うだろうが、そこはそれ、デリケートなスモーカーの心理だ。

もしも、イザという事態が起こったらどうする。

煙草が吸えなくては困るイザという事態はそうそうないように思えるが、たとえば事故や天変地異で予期せぬ窮地や、余命いくばくもない状況に追い込まれ、『こんなことなら最後に一本吸いたかった……』と声を震わせて口走るような事態だ。

――つまり、それほどの屁理屈《へりくつ》を捏ねてでも煙草をいつでも吸えるようにしておきたいと考えるくらい、ニコチン中毒者の煙草への渇望は切羽詰まったものがあるのだ。

禁煙法は人それぞれ、目的によって違うと小貫は言っていたが、自分の場合どうやったらいいのか。

自分が禁煙したくなったのは――

「名久井さん」

自販機を凝視していた名久井は、びくりとなった。

聞き馴染んだ声に、アーケードのほうを振り返る。

「……春綱」

「今帰りですか？　ちょうどよかった、これから名久井さんちに行こうとしてたところで……」

随分遅かったんですね」

「あ、ああ、ビストロアリエの仕上げの後に、一軒お得意さんのクロス貼りを頼まれてたから」

「お得意さんって……いや、誰でもいいんですけど」

言いかけて浦木は言葉を濁した。

なんとなく覇気がない。いや、煮え切らない奥歯にものでも挟まっているかのような物言いだ。どうしたのだろうと引っかかりつつ問い返した。

「おまえは？　おまえも遅くなったのか？」

「いや、俺は早くに仕事は終わったんですけど、実家で飯食わせてくれるっていうから、ちょっと寄ってきたところです」

「そっか……」

実家でなにかあったのだろうか。

そう心配になってしまうような、硬い表情だ。自販機の明かりに照らされた男の顔を仰ぎ見る名久井に、浦木は予想とはまるで違うことを告げる。

「さっき西脇さんがうちに来ましたよ」

「え……」

「クッションカバーを買ってくれたみたいで。俺が応対したんじゃないから、なに買ったのか知らないんですけど。店に行ったらあの人いるから、そりゃもうびっくりしましたよ」

ただ呆然《ぼうぜん》となって見返す。ほかに同じ名の共通の知人もいないのに、あの西脇が浦木の実家を訪ねたという事実が、すぐに飲み込めなかった。

「なんでうちに来たか判りますか？」

「……俺が……インテリア屋の息子だって話したことがあるからか？」

「そういう理由じゃなくて」

浦木の眼差しがどこか険しいものへと変わる。いつもは朗らかな男の責めるような双眸《そうぼう》に、名久井は確かに一つだけ思い当たることがあった。

気まずくなって、暗がりのほうへと目を向ける。

「西脇さん、告げ口なんて嫌な人だな。そこまでお節介な人だとは思ってなかった」

そんな風には言ったが、西脇が自分への優しさからそうしたのであろうことは、それなりに長い付き合いで想像できる。

「なんで小貫さんと飲みに行ったりしたんです？」

「飲んでない、ただ……ちょっと相談事があったんだ」

「相談？　仕事の話じゃありませんよね？　だったらわざわざゲイバーに行くわけないし……名久井さん、最近ちょっと様子が変だけど、それと関係あるんですか？」

「べつに変なことなんて……」

「なんで、あの人なんです？　人に話せることなら、俺に話してくれればいいじゃないですか！」

話せるくらいなら、最初から悩んではいない。つまらない見栄のようなものだ。知られたくない。浦木のためなら、止める気の毛頭なかった煙草さえ止めようと考えてしまえるほど惚《ほ》れてるなんて――

自分でも嫌になるくらい重た過ぎる。

なにしろ三年も拗《こじ》らせた恋だ。

「……悪い、おまえにはどうしても判らないことだったから……」

「判らないって、どうして？　俺じゃあ相談相手にはならないってこと？　あの人や西脇さんみたいに年上じゃないから？　そんなに俺は頼りにならないですかっ？」

「そっ、そうじゃなくて……」

「なに？　また、俺はゲイじゃないからとか言い出すんですかっ？」

「おまえに言ったってしょうがないんだよ！」

言葉にしてから我に返った。

「あ……」

みるみるうちに浦木の顔が憤りだけでなく、哀《かな》しげな表情へと変わっていく。

見つめる眼差しに、なにも呼吸を遮るものなどないのに胸が苦しくなった。

「春綱、あのな……」

人影を感じて声を飲んだ。ここは二人きりの部屋でも深夜の公園でもなく、まだ帰宅する人も通りかかる公道だ。暗い路地のほうから歩いてきたサラリーマン風の通行人は、怪訝そうな目でちらりとこちらを見て、アーケード内へ去って行った。

名久井はほっと小さく息をつく。

「とにかくもう少し待ってくれ、もう少ししたらきっと落ち着くはずだから……」

「俺と名久井さんって、距離ありますよね」

言い訳にもならない言葉など、浦木は聞いていなかった。

「前はそんな風に感じたことなかったのにな。すごい仲のいい先輩だって思ってて、俺は名久井さんになんでも話してたし、名久井さんもきっと悩みができたら俺に話してくれるんだって信じてた。でも、今はなんか違う。俺たち付き合ってんのに、なんでこんななんでしょうね」

「春綱……」

普段からは想像できない沈んだ声だった。

そんな顔をさせたいわけじゃない。自分は今も距離を作っているつもりはなく、ただ負担になるような関係は避けたいと思っているだけなのに。

間違っているのかもしれない。

意固地になった心に、そんな考えが芽生えそうになったとき、浦木が唐突に言った。

「俺、見合いすることになったんです」

「え……」

名久井の唇はただ驚きに半開きになった。

ふざけているとは思い難い男は、苦笑したのち続けた。

「正月は冗談のはずだったのに、うちの親が佐田歯科の奥さんに話したら、話が盛り上がっちゃったみたいで。今更『その場のノリでしたなんて言えない』って、ムチャ言うんですよ」

「おまえ……ＯＫしたのか？」

「まぁ、形だけすまそうかと。うちも商売やってるんで、悪評立つようなことはできないし、家族でホテルランチ食いに行くと思って行ってきますよ。ああ、クリスマスに名久井さんと食べに行ったあのホテルです」

本当にただの食事だとでも思っているかのように、浦木はさらさらと応える。

「いつ？」

「明後日の日曜」

「えらく急じゃないか」

「向こうが、その日しか予定が空いてなかったらしくて」

「ふうん……」

相槌はまるで無関心に響いたけれど、動揺し過ぎて反応が鈍っただけだ。

本当に形だけの見合いなのだろう。今時まだ二十五歳にもなっていない男が、見合いなんて時代錯誤も甚だしい。相手のお嬢さんがいくつか知らないけれど、きっと親の思いつきに付き合わされて弱り果てているに決まっている。

どうにか納得しようとする自分がいた。

「名久井さん、俺が見合いしたら嬉しくないですか?」

「……そりゃあ、まぁ当たり前だろ」

「嫌ですか?　だったら止めに来てください」

「は……?」

「止めてくださいよ」

本気で言っているのか。真顔の男はにこりともせず、真っ直ぐに自分を見ていた。陰影深く半分だけ自販機の明かりを受けたその顔を、名久井は驚愕《きょうがく》の目で見返す。

「無理だ」

「……即答か。ちょっとぐらい迷う素振り見せてくれたっていいのに。俺のために、そんなみっともないことできないって?」

「それ以前の問題だ……その日はビストロアリエの立ち会いの日だ。俺が行かないわけにはいかない」

「あ……」

ビストロアリエは月曜日にリニューアルオープンを迎える。日曜は完成立ち会い日となっており、依頼主の前での確認作業が待っている。

言われて思い出したらしい浦木は、急に狼狽《ろうばい》した様子を見せた。

「だったら、見合いの日を……」

見合いの日が変えられるわけがない。

「いや、と、とにかくこっちももう決まったことです。嫌なら止めに来てください。来なかったら……どうなっても知りませんから」

「どうなってもって……」

「じゃあ、おやすみなさい」

脅し文句に変えた男は、風向きでも悪くなったみたいに足早に帰って行く。まさか逃げたのではないだろうけれど、到底受け入れられるはずのない無理難題に、残された名久井はしばらく放心してその場に立っていた。

見送ることになった後ろ姿は、寒空に前屈《まえかが》みになりながら消えて行った。

路地を吹きつけてくる風が、人気のない長いトンネルのように開いた商店街のアーケードに向けて強く駆け抜けていく。揺らされた前髪が視界を阻み、名久井はうざったそうに払いのけた。

「……訳判んねぇ」

ぽつりと呟《つぶや》き、冷たくなった手を上着のポケットに突っ込み直す。財布を取り出し、目の前の自販機に小銭を投入し——自棄《やけ》になったかのように名久井はボタンを連打した。

なんのための禁煙だか判らなくなった。

さっきまで葛藤していたはずのものは、軽い音を立てて受け取り口に落ちてきた。

「ご覧のとおり、玄関口はツクダ内装さんがイメージ画のとおりに仕上げてくださってます。植え込みはガーデナーと相談しまして、手入れの手間がかからず丈夫な低木を入れてもらいました」

新しくなったビストロアリエの入り口では、まだ若く初々しい感じのする樹木を前に、小貫が依頼主の有江と息子に説明をしていた。

「それは助かります。私も息子も店のことで手いっぱいで枯らしかねないもんで」

「お忙しいお仕事ですからね。手入れは楽ですけど、春には花も咲きますから楽しみもありますよ」

日曜日。予定どおり午後からビストロアリエの完成立ち会い検査は行われていた。設計図とイメージ画を元に、細かい点まで不具合や不満が残されていないかの最終確認だ。ツクダ内装からは名久井が、ナインパースデザインからは小貫と部下の鈴木が来ていた。

塗り替えた真新しい白い外壁が眩《まぶ》しい。冴えた空気は冷たいけれど、晴れた空は抜けるように高く、清々《すがすが》しい休日だ。

こんな好天はお見合いにもきっと適しているに違いない。好天と雨天とどちらが話を繋げるネタに向いているのか知らないけれど。浦木ならどんな天気でも会話に困ったりはしないだろう。

「有江さん、どうですか歩かれた感じは？　今日はいいお天気なので渇いてますけど、雨の日に濡《ぬ》れても滑りにくい塗装になってます。ツクダ内装さん、そうですよね？」

テラスのウッドデッキを右から左へとオーナーと息子は足音を鳴らして歩き、小貫は傍らに立つ名久井に声をかけてきた。

同意を求められても無反応でいると、訝しげに繰り返す。

「名久井さん？」

「え、あっ……はい、デッキは傷みやすいので耐久性の高い塗料を使っています」

ほんの一瞬だが小貫の見せた驚きの表情に、自分が嚙《か》み合わない返事をしてしまったのが判った。

「えっと……そうなんです、滑り難くてしかも丈夫なんですよ。その分少し割高になってしまうんですけどね。この広さなら金額はほとんど変わりませんし、長い目で見たらやはりこのほうが……」

助け船に救われる。完成品を引き渡すところまでが仕事だ。集中しているつもりが、会話を耳で聞き流すだけで上の空になっていたことに、名久井は焦る。

内装の確認に移り、揃って木の香りのする店内に入った。その後はミスをすることもなく、有江親子の質問にも応えることができたけれど、頭に引っかかった憂い事は消えたわけもなく、抑え込んでいるだけだった。

仕事が一段落すれば、またひょっこりと頭を覗《のぞ》かせる。

立ち会いは順調に進み、傷や不具合も見当たらず予定時間よりも早くに終わった。鈴木が会社規定の引き渡し確認書を用意している間、名久井は表に出た。

日差しは来たときよりも西に傾いている。もうランチタイムなんてとっくに過ぎた時刻だ。

ほっと一息つくつもりが、溜め息へと変わる。

「……俺が仕事放って行くとでも思ってんのか、あのバカ」

恨み言が零れた。作業着のポケットから取り出したボックスケースの煙草は残り一本になっており、再びなくなってしまうことへの苛立《いらだ》ちと、ここまで吸ってしまった自分への自己嫌悪にぎゅっと握り潰す。

「名久井くん……」

ドキリとなって声のほうを見ると、鈴木と一緒にいるとばかり思っていた小貫がすぐ近くに立っていた。

瞠《みは》らせたその眼鏡の奥の目は、自分の手元の潰れたボックスを見ていてバツが悪い。

「あ、これは……実は一昨日挫折《ざせつ》して吸ってしまったんです。はは、ひと月も持ちませんでした」

「どうして？　あれほど真剣だったのに」

「ちょっと気が緩んだって感じですかね。なんかもう、続ける必要もないかなって自棄になって……」

不自然なのは判っていた。避けようとしていた小貫とバーに行ってまで、なんとか禁煙の情報を得ようとしていた自分だ。

名久井は取り繕うように、先ほどの失態を詫《わ》びた。

「さっきはすみませんでした。ぼんやりして説明が疎《おろそ》かになってしまって……」

「なにかあった？　非喫煙者の彼のこと？」

そんなことはどうでもいいとばかりに、小貫は追及の手を緩めない。浦木のために始めた禁煙だ。挫折するのだって浦木が関わっていると考えるのが自然なのかもしれない。

名久井は苦笑ともはにかみともつかない曖昧な笑みを浮かべ、みっともなさ以外に隠す理由もないと打ち明けた。

「なんかあいつ急に見合いをするとか言い出してきて、今日がその日なんです」

「え……」

「それを二日前に言うんですよ。俺に黙ってたっていうか、一昨日決まったらしくて……おかしな話でしょ。おまけに嫌なら止めに来いなんてムチャクチャ言うんです、あいつ」

「それで君は行かなかったの？」

小貫の反応は予想外だった。

「え、だって仕事じゃないですか」

「仕事じゃなかったら君は行ったの？」

唖然《あぜん》とする名久井は、まるで自分の行動を見透かしたような男の言葉に、なにも返せなかった。

言われて初めて、それが図星であると気づかされる。

「行かないだろうね。だって行けるとか行けないとかじゃなくて、本気で止めたいなら言われたその場で引き留めればいい。やめてくれって一言言えばいいんだから」

「『嫌か？』って訊かれて、当たり前だとは言いましたけど……とにかく急に言うからびっくりして、上手く返せなくて……」

「その後は？　夜でも夜中でも、恋人なら押しかけることだってできたんじゃないかな？　昨日は？　君は仕事だったの？」

「それは……」

昨日は一日休みだった。どこへも行く気がしなかった。うちに籠《こも》って、今日の見合いのことばかり考えてしまい、苛々して歯止めが利かなくなったみたいに煙草を吸いまくった。

ほかにどうすれば、気持ちを落ち着かせられるのか判らなかった。浦木の元へ行くなんて、考えられなかったのだ。

痛いところを突かれてしまい、視線が泳ぐ。

「こないだバーで話したこと、覚えてるかい？」

「え？」

「僕は君とのことを後悔してると言ったけど、それはあのとき彼女より君を選ばなかったことじゃなくて、君を試しかけるような真似をしてしまったことだよ」

「……どういう意味ですか？」

「見合いをすると言ったら、きっと君は嫌がるだろうと思ってた。嫌がって、やめてほしいと僕に頼むに違いないと期待してた。僕はあの頃……君の気持ちが見えなくなっていて、なにか確信がほしかったんだよ。君に好かれてる自信を取り戻したかった」

名久井は僅《わず》かに目を瞠らせた。

今更小貫となにを話しても意味はないと思っていた。けれど、打ち明けられた事実に素直に驚かされる。

そういえば、見合いは世間体のためじゃなかったようなことを言っていた。

小貫に親戚から持ちかけられた見合いを受けようと思うと聞かされたときのことは、もう詳しくは覚えていない。

自分はなんと答えたのか。胸が苦しくなって、指先が冷たくなって、でも不安で怖かったくせして表情だけは笑顔を保っていた。

虚勢を張りたがるのは今と変わりない。

あのとき、自分は笑って彼に——

「ショックだったよ。そのまま見合いを受けて、流れに身を任せるうちに結婚の話はまとまって、結局君とは別れることになった。僕はね、あのとき君にとって、やっぱり自分はその程度の相手だったんだと失望したんだよ」

「ちがっ、違います！」

完全な誤解だ。ただ、子供じみた我儘《わがまま》で束縛するのは、大人の小貫に愛想を尽かされるかもしれないと恐れたからだった。

声を荒らげた名久井に、小貫は緩く首を振る。

「判ってるよ、全部自分の自信のなさが招いたことだ。こんな十歳近くも年下の若くて綺麗《きれい》な子が、本気で自分を慕ってくれるわけないって……すぐにもっといい男が見つかるに決まってる、いや、もういるのかもしれないって疑心暗鬼に陥ってた」

「そんな……なに言ってんですか。俺はそんなこと一度も！　俺のほうが自信がなかったぐらいで……」

「君と僕は似過ぎていたのかもしれないね。せめて君の今の彼みたいに、『止めてくれ』ってちゃんと言えたらよかった」

緊迫した空気を緩めるように、小貫はふっと笑って息をついた。そんな表情は昔と変わりない。いつも穏やかなところに惹《ひ》かれた。

でも、今は懐かしいと思いはしても胸が高鳴ることはない。

「満くん、君はまだ行かないつもりなの？」

「あ……でも……」

「もう、仕事は終わったよ？」

目線で男は窓辺を差す。

店の窓の向こうのテーブル席では、オーナーが契約書に署名と捺印を終え、鈴木が立ち上がって頭を下げたところだった。


「あっ、すみませんっ！」

地下鉄の駅の階段を上る名久井は、擦れ違いざまぶつかりそうになった通行人の男に詫びた。

長い階段を駆け上り続け、足が笑って覚束《おぼつか》ない。当然息は切れていて、真冬だというのに汗ばんだ髪が額に貼りついた。

小貫の言葉に諭され、名久井はホテルに向かっていた。タクシーで行くのも考えたけれど、渋滞に巻き込まれる可能性を考えたら電車のほうが確実だ。

ラッシュ前にもかかわらず、電車内も駅周辺も人が多かった。歩道に出ると人の間を掻《か》い潜《くぐ》るようにして走る。

——もう帰ったかもしれない。

今更遅いのは判っている。

来なかったと、がっかり失望させただろう。それとも、自分は最初から来る気のない薄情な男だと思わせてしまったかもしれない。

それでも、行かずにはいられなくなっていた。

『止めてくださいよ』

浦木が自分にそう告げた意味。

『嫌なら止めに来てください。来なかったら……どうなっても知りませんから』

仕事で無理だと言っているのに、たぶん来ないと知りながらそれでも、浦木が自分に求めた理由。

ただの意地なんかじゃない。

小貫と話して判った。自分が相手を想うあまり不安を抱くように、相手も自分に対して不安を覚えることもあるということ。

最初の恋が上手くいかなかったくらいで、自分は疑うことばかりを覚えていた。昔、小貫を傷つけていたとすら、今の今まで気づかないでいた。

あんな思い、二度としたくないからもう恋はすまいなんて、いつもいつも自分を守ろうとするばかりで――

「……はぁっ、はぁっ」

やっとの思いで辿《たど》り着いたホテルを見上げる。高く聳《そび》えるホテルの手前には階段があり、いいかげん限界だったが急ぎ足で昇り切った。

正面口に辿り着いたものの、制服姿のドアマンが物々しく出迎えるような高級ホテルで、息を切らした汗だくの作業着姿の男が飛び込むには敷居が高い。

作業着は制服だと豪語する名久井は、今日もベージュの上下だ。辿り着くまで頭が回っていなかった。

玄関口は突破できたが、とてもホテル内のレストランに飛び込める格好ではない。どのみちこの時間では食事はとうに終わっている。

カフェは一階にあり、中庭からも店内を覗けるので、そちらに回った。午後四時を過ぎており、案の定、ガラス越しの店内は閑散としており、それらしきグループの姿はない。

やっぱり帰ったのだろうか。

どこへ？

考えると、不安で気持ちが重たくなった。

家族で帰宅し、実家で見合いの結果を妹にひやかされたりしている頃か。

それとも、相手の女性と意気投合し、互いの親とは別れて二人でどこかへ行くことにでもなったろうか。

二人きりで――

店内を確認して回る目も、次第に力を失う。

重くなった足取りで中庭を過《よ》ぎり、沈黙したままのポケットの携帯電話を探る名久井は、視線を一点に釘づけた。

広い中庭の中央のモニュメントの周囲には石造りのベンチがいくつか置かれている。その一つに、探している男の姿があった。

「なんも持ってないって言ってんだろ。ほら、ポケットん中も空だし?」

なにをしているのかと思えば、足元に数羽集まっている鳩に話しかけている。スーツのポケットを裏返し、ひらひらと揺らし見せる男は、近づいた名久井に気がついて顔を向けた。

「は、春綱、あの……」

「名久井さん! 来てくれたんですか! 仕事は? 仕事はもう終わったんです?」

なんとなく気まずい思いで声をかけた名久井に対し、浦木は主人を待ちかねていた犬じゃあるまいし、千切れんばかりに尻尾《しっぽ》を振る勢いで駆け寄ってきた。

「あ……うん、まぁ、もう終わった」

両手を掴まれた名久井は、迫り寄る男の勢いに押されつつ応える。

「おまえこそ見合いはどうなったんだ? 相手の人は? お母さんは……先に帰ったのか?」

周囲を見回してもそれらしき人影はない。

「あー、帰ったっていうか……来てませんからね」

「来てないって……どういうことだ？　都合でも悪くなったのか？」

「見合いはその……嘘《うそ》なんです。あ、まるきり嘘ってわけでもないんですけど、一昨日うちで親に言われて、その場で断りました」

浦木は歯切れ悪く説明するが、さして悪びれた様子はなく、聞かされた名久井は話がすぐに飲み込めなかった。

「はぁ？」

「だって悪いじゃないですか、最初から断るって判ってんのに受けるなんて。親は形だけでもどうのとかごねてたんですけどね。だいたい向こうの娘さんだって迷惑に決まってんです。親同士がおしゃべりの勢いで盛り上がったような話で見合いなんて」

「それで……おまえは俺にだけ嘘を言ったのか？」

「そうでもしないと名久井さんの気持ちは判らないと思って」

騙《だま》された憤りよりも最初は脱力が勝った。

はぁっと大きな溜め息をつき、その場にへたり込みそうなほど力が抜ける。冷たい石畳に座らずにすんだのは、格好悪いからではなく、遅れてふつふつと怒りが湧いてきたからだ。

摑まれたままの両手をばっと振り払う。

「やっぱおまえのために走ってきたりするんじゃなかった」

「走って来てくれたんですか？」

「見れば判んだろ！　冬なのにこんな汗だくの奴がいるか！　人をめいっぱい振り回しやがって、俺がどんだけ頭悩ましたと思ってんだ」

とても澄ましてなどいられず、声を荒らげた。

これではあの日の再来だ。沼田のことと。突然の告白に許容量も限界を突破し、心のダムが決壊するかのごとくなにもかもを洗いざらいぶちまけてしまったときと同じ。

まずいと感じながらも、一度決壊した堰《せき》はそう易々とは元には戻れない。

「こっちはおまえのせいで大事な立ち会いでヘマやらかすし、昨日もよく眠れなくて寝不足だし……ていうか、せっかくの休みだったってのに昨日はそのことばっかり考えて一日無駄にしたんだぞ！　おまけに禁煙まで失敗したじゃねぇか！」

名久井の怒りを一身に受け止める男は、不思議そうに瞬きをする。

「禁煙……名久井さん、禁煙始めたの？」

「始めたんじゃない、もう一ヶ月もこっちは我慢して我慢して、あと少しで成功したかもしれないのにおまえが台無しにしたんだ。おまえのせいだ、おまえが見合いなんて変なことを言い出さなければ平静でいられたのに」

「すみません、禁煙してるなんて知らなかったから……ていうか、最近苛々してたのってもしかして……」

浦木にだけは知られまいと思っていたのに。

『減煙がきっかけでなんとなくやめられちゃいました』なんて、そのうちしれっとした顔で言うのが理想だった。

引き返せないところまで打ち明けてしまった名久井は、バツの悪さに顔を背ける。

「だったらなんで話してくれなかったんですか。言ってくれれば俺だって少しは気を遣って……」

「おまえに話したって判らねぇよ、煙草吸ってないんだから」

「もしかして、俺に言ってもしょうがない悩みってのもそれなんですか？　じゃあ、相談相手が小貫さんってのは？」

「……あの人は俺と一緒でヘビースモーカーだったから。けど、だいぶ前に禁煙成功して止めたらしい」

言わば、禁煙の先輩だ。

「そんな……そんなつまらないことで、俺は名久井さんと上手くいかないって悩まされてきたわけですか」

今度は浦木が脱力を示したが、名久井はキッとなって睨《にら》みつけた。

「つまらないこと？　禁煙がどれだけ大変と思って……」

「いやっ、今のは言葉のあやです！　けど、俺が役に立たなくたって、教えるくらいしてくれてもいいでしょ。失敗したらカッコ悪いとか思ってたんですか？　後でびっくりさせようとかそういう……」

真剣に問う浦木に、隠してはならなかったのだと知る。

本当だった。自分だけじゃない。好きでいてくれるからこそ、浦木も不安を覚えるのだということ。

こんな狂言に振り回されることになったのは、浦木のせいなんかじゃない。自分のせいだ。つまらない隠し事をした自分のせい。

名久井は軽く息を飲み、そして伝えた。

「春綱、おまえのためだからだ」

「え……」

「禁煙はおまえのために始めたことだから、なんか言いづらかった。あんだけ喫煙については豪語しといて、おまえが嫌がるからやめたいとか……」

「俺、嫌なんて言った覚えないですけど？」

「煙草吸わない奴にはキツイもんだろ」

「なんで今更……今まではそこまで気ィ遣ってなかったじゃないですか」

「前は今ほど一緒にいなかっただろ。居酒屋行くか、たまにおまえが俺んちにくるくらいで……煙草のせいで別れたくないからな。少しでもおまえと長くいられるならやめるかって……

ああ、それって結局自分のためか」

恥ずかしい。これでは好きで好きでたまらないと言っているようなものだ。

長く一緒にいられたらなんて――

「とにかく、そういうことだから。小貫さんのことも、勘ぐられるようなことはなにもないし、俺はおまえといることを簡単に諦めようなんて思ってない。俺なりに考えてる。以上だ。見合いにも騙されて来てやったし、文句はないな？」

気恥ずかしさのあまり一方的に話をまとめて終了させようとする名久井に、納得したとばかり思っていた男は待ったをかけた。

「待ってください。名久井さんが言いたいこと全部言ったなら、次は俺の番です」

「え……」

順番ってなんだ。

呆気《あっけ》に取られる間にも、浦木はすっと息を吸い、吐き出し始めた。

「来てくれたのは嬉しいけど、俺は見合いごときでどうにかなるほど尻軽じゃありませんから。いちいち疑ったり、将来は判らないようなこと言ったり、あと異性愛者だったのをなんかある度に水戸黄門の印籠《いんろう》みたいに持ち出して否定すんのやめてください。俺は今は名久井さんが好きだって言ってんのに、失礼じゃないですか」

「春綱……」

あまり言葉は上手くない男だ。これだけのことを言うのに、どれだけ考えたのだろうと思う。

「それから、俺と付き合うならデートもしてもらいます。外にも一緒に出かけたいし、セックス以外でも俺はイチャイチャしたいんです。たまには手繋ぎデートだってしたい。こそこそんの性に合わないし、そのうち親にも知られたっていいんじゃないかって俺は思うくらいで……」

「ま、待て、それはさすがに……！」

勢いづく男に名久井は慌てる。手繋ぎデートは山奥で実施できるとしても、両親に打ち明けるのはまずい。

「判ってますよ。だからずっと黙ってればいいんでしょ。それくらいなら俺も頑張れます」

「けど、おまえに彼女がいつまでもできなかったら、みんな変だと思うぞ。一年や二年でもおかしいのに、それ以上ってなったらどう思われるか」

「女にこっぴどく振られてトラウマになったとか、陰で不倫でもやってるんだろうとか、いろいろ勝手に理由づけてくれんじゃないですか。妹が結婚して内孫でもできれば、親はそっちに夢中になるだろうし、近所はすぐに噂《うわさ》に飽きますよ」

あっけらかんと言う男を、名久井は心配げな眼差しで見た。自分よりずっと、浦木は失うものを持っている。

「おまえはそれでいいのか？」

「全然いいです」

頼もしいほどに、きっぱりと言い切られた。

「名久井さんはそれより、俺と別れるほうがいいですか？」

「俺は……」

――まだ。

まだ、俺はおまえと離れたくない。

できればずっと傍にいたい。少しでも別れる日が遅くなってくれればそれでいいなんて、そんなの嘘だ。

恋は不思議なものだ。手に入れるほどに欲深になる。

「俺は、おまえといたいよ？」

シンプルな答えに、浦木は黒い眸を細めたかと思うと、破顔して笑った。

「やった！　本音大会、成功ですね！」

「本音大会って……」

飛び上がらんばかりの声を上げた男に、再び両手を掴まれ揺さぶられた。クールなのはスーツ姿だけで中身は変わらない浦木に、ぎゅっと抱き締められ、なんの感動のエンディングだと突っ込みを覚えると同時に、胸が熱くなる。

やっぱり好きだ。

自分にない優しさや大らかさや、いろんなものを持ち合わせているキラキラしたこの男が、大好きだ。

そろりと広い背に手を回し返そうとして、名久井は我に返る。

ここは山奥でもなく、ホテルの中庭である。幸い誰もいないが、ガラス越しのカフェからは丸見えで、ベンチの鳩も呆れて飛び去るようなバカップルに気づいている人がいないとも限らない。

「ちょっ、ちょっと、春綱……ここ、ホテルの庭だぞ！」

「じゃあ……誰も見ないところに行きますか？」

「え？」

「着替えるのに部屋取ってるんです。家からスーツなんて堅っ苦しくて……ってのは言い訳で、二人きりになりたいからなんですけど」

隠し事の苦手な男は皆まで言い、名久井は笑ってしまった。

まるでクリスマスの夜の仕切り直しだ。あの夜は二人で泊まるなんて絶対に嫌だと思ったのに、今は不思議なほど迷いなく頷《うなず》けた。

浦木のポジティブが浸透してきたのかもしれない。

「いいよ？　部屋、行こうか」

「ホントに!?」

大げさなほどに浦木は反応し、名久井は了承したものの作業着姿であるのに気がつく。

「あ……でも俺、今日こんな格好だった」

「泊まるのに服は関係ないでしょ。食事はルームサービスでもてなしますよ」

『これも一つのデートですね』と言って笑う男は、名久井の手を引いて歩き始めた。

「部屋でルームサービス取るんじゃなかったのか?」

倒れ込んだ背をスプリングのいいベッドに受け止められた名久井は、覆い被さってくる男をちょっと恨みがましく見上げた。

部屋はセミスイートだった。自分と同じ薄給のくせに無理をし過ぎとか、自分が来なかったらどうするつもりだったんだとか、いろいろ思うところはあるけれど、それ以上にそこまで浦木が自分と過ごす時間を考えてくれていたんだと思うと悪い気はしなかった。

正直、嬉しい。けれど、堪能しようと思った広い部屋も窓からの眺めも、よく確かめもしないうちに抱きしめられて熱烈なキスで邪魔をされ、入室五分と経たないでこの状況だ。

「ルームサービス取るには早いでしょ」

「だからってこんな時間から……」

冬の日暮れは早い。窓から差し込む光は、今にも日の沈みそうな橙色《だいだい》に変わってきているけれど、まだ五時を過ぎたばかりだ。

「温泉に行ったら食事の前にも風呂入るじゃないですか」

「ふ、風呂と一緒にすんなよ」

「だって名久井さんの都合に合わせてたら、いつさせてもらえるか判りませんからね。俺がどんだけ放置されてたと思ってんですか。覚悟してください」

顔を近づけられてドキリとなった。眉根《まゆね》を寄せた浦木の表情は険しいが、キスに濡れた唇は鈍く光って艶《なま》めかしい。

「禁煙なんか優先して、俺をほっぽらかして……俺だって、禁断症状でおかしくなるかもしれませんよ？」

「……禁断症状って？」

「名久井さん不足、ですよ」

「不足…って、おまえ……」

「あんたホントに判ってない。俺を惚れさせて自覚までさせたんだから、ちゃんと責任取ってくださいよ。あんたは俺より煙草のほうがずっと欲しいんだろうけど」

「そんなことっ……」

スーツの胸元に当てた両手を取られる。抵抗するつもりなんてなかったのに、頭上に掲げるようにして押さえ込まれ、ますます鼓動がおかしな具合に乱れた。

「だって、俺よりそっち優先だったんじゃないですか。飲みに誘っても断るし、俺に会いたい、どうしても会いたいって、煙草吸いたい気持ちほどには思わないってことでしょ?」

「ちがっ、煙草はニコチンのせいで、おまえと比べるようなもんじゃない」

「一緒ですよ。俺はべつに名久井さんが吸ってても吸わなくてもどっちでもいいけど、そんなんで振り回されて放っておかれるくらいなら、煙草なんかどうでもいい、俺が欲しいって思ってくれるまで頑張ります」

「頑張るって、おまえが頑張ってどうにかなるものじゃ…っ……」

反論は唇で塞《ふさ》ぎ込まれた。この二晩ほどですっかり水の泡、喫煙者に戻ってしまい、煙草臭いはずの唇を浦木は奪い取る。

「……この味も俺は悪くないって思ってたんだけどな」

唇を舌先でなぞる。ぬるりと押し込まれた舌に、ベッドに強く押しつけられた両腕が反応して撓《しな》った。粘膜に沁みついた苦味を拭いとるかのように舌は蠢《うごめ》き、やがてゆっくりと官能を刺激する抜き差しを始めた。

舌を擦《こす》り合わせながら出たり入ったりと繰り返し、その度にひくんと体が震える。

「んっ……」

無意識に浮き上がりそうになった腰を、重ね合わせた体で押し戻された。

身を重ねれば体の違いを感じる。その重さも体温も。一回りしか違わないはずが、すっぽりと覆われて囚《とら》われてしまったようで、身じろぎできない不自由さすら気持ちを昂ぶらせる。体が熱い。火照《ほて》りを自覚したときには、密着した腰の中心はもう熱っぽく疼《うず》いていた。キスの角度を変える僅かな動きにも感じてしまい、ビクビクと腰を揺らしそうになる。

「……ぁ、んっ」

自由を奪われた両手では口を塞ぐこともできず、上擦る微かな声が零れた。

顔を離した男が、高揚した顔を頭上から覗き込んでくる。

「……まだ煙草が欲しい？」

問われて、名久井の潤《うる》んだ眸はゆらゆら揺れた。

「おまえが欲しいよ、春綱」

いつになく素直な言葉が溢《あふ》れ、見つめる視線にも熱が籠る。

官能的な口づけの余韻にぼうっとなる名久井の目には、浦木の見慣れないスーツの襟元が映った。ダークグレーのスーツ。クリスマスのときと同じもののようだけれど、ネクタイは違っている。今日はイエロー系だが、あの日は赤っぽいネクタイをしていた。

あまり真っ直ぐに見られなかったけれど、よく覚えている。その姿を目にするだけで、ドキドキして胸が高鳴って困ったからだ。

「春綱……なんで、今日もスーツなんだ？　見合い……嘘だったなら、わざわざ着て来なくったって……」

「メロメロになってもらおうと思って」

「え……」

「名久井さん、俺がスーツ着てるの好きでしょ？」

悟られまいとしていたことをあっさりと言い当てられてしまい、言葉を失う。

「クリスマスんとき、なんか様子が変だった。妙に意識してるし……『あーそうか、スーツだったからかよ』って後から思って。ねぇ、スーツの男が好きなの？　名久井さんの男って、みんなスーツの似合うインテリばっかだし、本当はそういうのが好きなんでしょ？」

的外れの方向に嫉妬心を剝《む》き出しにした男に、呆気に取られる名久井は緩く笑んだ。

「……バカ、おまえだからだろ」

「俺……？」

「そう、おまえだからだ。見慣れてないからかな……なんか、ちょっと緊張するっていうか……」

「ドキドキする？」

「なっ……」

「だったら嬉しいな」

恥ずかしいと知ってか知らずか言葉を選ばない男は、無邪気に喜ぶ。その愛嬌《あいきょう》のある大きな口元が綻《ほころ》ぶと、胸の奥のどこかがきゅんと縮んで痛むような感じがした。

「……あっ……」

両足の間に割り入った男の足が、油断しているところに悪戯《いたずら》を施す。硬い腿《もも》で股間《こかん》のものを刺激され、名久井は身を竦《すく》ませた。

「ほんとだ、もうこんなになってる」

「それはっ……俺だってずっとしてなかったからで、久しぶりだから……ぁっ、やめろって、も……」

「なんで？　やめる必要ないでしょ、ベッドの上なんだし」

作業着の生地は頼りなくはないが、疼いているところを意図的に刺激されてはひとたまりもない。腿で擦られるうちに形を変え、ズボンの前を突っ張らせ始めたものに羞恥《しゅうち》を覚える。

「んっ……」

浦木は名久井を縛《いまし》める手を解き、その場所に右手を滑らせてきた。ゆるゆると撫で摩《さす》られる膨らみ。一方の手で上着のジッパーを下ろされ、中に身につけた白いカットソーをたくし上げられれば日に焼けていない肌が露わになる。

仕事の服でこんなことをしているのが恥ずかしかった。身を捩《よじ》ろうとすると、きゅっと強く握り込まれて、服の上から扱《しご》くみたいに手を上下に動かされた。

「あっ……んぅ、あ……やっ……」

　カットソーの下から覗いたものに柔らかな唇が触れる。ぷつりと小さく浮き上がった乳首。硬く芯が通って膨れ、男のくせして弄ってほしいとでもいうように主張を始めたそれを、湿った唇や舌で転がされる。

「ひ…ぁっ……」

　じわりと歯を立てて責めさいなまれると、浦木の手の中のものが、衣服の下でぬるりと滑るのを覚えた。

「や、やめっ……春…綱っ……」

「……顔真っ赤。名久井さんて、セフレ作ったりあっけらかんとしてるわりに羞恥心強いな……敏感体質だからかな」

「あぅ…っ……あっ、あっ……」

「中がもうぬるついてる。どろどろになってるみたい」

「ちが……あぁ…っ……」

「……見せて。名久井さんがどうなってんのか知りたい」

「まてっ……待てって……」

　いつの間にかベルトは外されていた。ファスナーを下ろし、ずるっとひん剝くようにズボンを下ろされる。染みを作ったボクサーショーツが僅かにずれただけで、ぬるついた性器は勢いよく飛び出してきた。

「あ……」

「……すごいな。もうこんなに……」

揺れて腹を打つものを大きな手で包まれ、ぶるっと身が震える。

渇いた手で擦られる感触。浦木の手は見た目にはごつごつしていないようだけれど、どこよりも鋭敏な場所は節々の隆起や、細かな質感まで感じ取る。

ちゅっちゅっとキスのような音を濡れそぼった性器は立て、初めは羞恥に身を固くしていた名久井も、愛撫《あいぶ》に溶かされるのにそう時間はかからなかった。

ベッドと浦木に身を預け、「あっ、あっ」と切れ切れの声を零す。濡れた声を上げながら身を突っ張らせ、やがて腰だけを震わせて男の手を白濁で濡らした。達した後も浦木の手はすぐにそこを解放しようとはせず、ゆるゆると扱いては残滓《ざんし》まで絞り取り、名久井は啜《すす》り喘《あえ》いで腰を揺らめかす。

身に纏《まと》わりついた服を脱がされながら、濡れた目で浦木を仰いだ。

自分ばかりが乱されている。そう悟ってからも機敏に行動できない身をどうにか動かし、だるい両手を掲げて男の首から下がったネクタイを摑んで揺すった。

「はっ、春綱……おまえも……」

「……脱がせてくれんの？」

頷いたが声は出なかった。

闇雲に引っ張ってもネクタイを外せるわけもなく、結び目に指をかける。結び慣れていないとは思えないほど、綺麗に整えられた結び目だ。滑《なめ》らかな生地は力を籠めるとするすると解けていき、襟元を離れていく。

ネクタイは外したがそれで終わりではない。

白いワイシャツのボタンを一つずつ外す。指先の動きが覚束なくて、すぐにもどかしくなった。

「ここ、一つ残ってる」

まるで幼子にでも教え聞かせるように、浦木は上から二番目の首元のボタンを指し示す。余裕いっぱいの男は、まるで状況を楽しんでいるかのようだが、名久井にはそれを叱咤《しった》する余裕はなかった。

シャツを開いて露わになった体躯《たいく》に、胸が高鳴る。冬でも健康的に焼けた色をした肌に、ほどよくついた胸筋。伸び上がって太い首筋に唇を押し当てると、まだ体のどこかに残した埋み火のような欲望が疼いて、自分はどこまでもゲイなのだと自覚する。

そして、この年下の男が好きで好きで堪らないのだとも。

「春綱……」

一度は晴らした欲望が熱を上げる。見つめる眸が熱く潤むのを、自分でも感じた。

興奮して欲しがってる。

「……名久井さん」

掠《かす》れた声で呼ぶ男の顔を自分の元へ引き寄せ、額に唇を押しつけた。

その整った顔を包んだ両手で撫で、確かめるようにキスを這わせる。

高い鼻梁《びりょう》、頬、そして最後に唇に唇を重ね合わせたけれど、すぐに応えてくれるとばかり思っていた男の反応は鈍い。さっきは思う存分口づけてくれたのに、してはくれない。

焦《じ》らされて自分から舌を伸ばした。熱い口腔へ忍ばせると、まるでそれを待っていたかのように、厚ぼったく体温の高い浦木の舌はからみついてきた。

吸われて胴が震える。軽くイってしまったんじゃないかと思えるほど、それだけで腰が揺らいだ。

「んっ……んぅっ、あ……はる、つな……」

堪らず抱きつき、身を絡ませ合う。お互いを貪《むさぼ》り、肌を探り合ううちにベッドに横臥《おうが》した。

一つの枕に二つの頭を載せ、息さえも互いを掠める距離で見つめ合う。

「あ…っ……」

腰に回った男の手に、名久井は弾む声を上げた。

「は、春綱……」

白濁にまだ濡れた浦木の指が狭間を辿り、肉を分けて秘めた窄まりを探る。緩く入り口を撫で摩られるだけで急速にそこが疼き、見つめ返す眼差しは不安定に揺らいだ。

黒い眸を間近に見るだけで、どうにかされてしまいそうで、中へと指を飲まされるともう目蓋を閉じて震わせるしかできなかった。

「……可愛いな、きゅうきゅうしてる」

浦木の囁《ささや》きは吐息となって唇を掠める。名久井の堪え切れない喘ぎもまた、熱を孕《はら》んだ息遣いへと変わり、男の唇を撫で返した。

「あっ……あっ、んん……」

濡れた舌先が唇のあわいを擽《くすぐ》り、名久井は声を震わせて、目を閉じたままその感触を追いかけた。

密着した体にその身を擦り寄せる。もっと欲しい。もっと浦木を感じたい。官能は深まるほどに欲求を肥大させ、自ら強く唇を押しつけて深いキスを求める名久井は、浦木の体を知らぬ間に押し倒していた。

「……あ、ごめん」

その身に跨《またが》り、乗っかってしまったことに気がついて詫びると、男は擽ったそうに笑んだ。

「なに謝ってんですか？　今日は積極的で嬉しいなって感動するとこなのに」

「……俺が上に乗ってもいいのか？　このまま……してもいい？　今日はもっと……おまえの顔、見ながらしたい」

自分の言葉に体が熱を上げ、頬が火照る。

信じられない。浦木を前に、さかりでもついたみたいに興奮している。

名久井の懇願に、浦木は少し眉根を寄せて応えた。

「もしかして、今まで遠慮してた？」

「そういうわけじゃ……ないけど、おまえはあんまり男の体とか……見たくないかと思って」

それに、自分から腰を振りまくる男に乗っかられるなんて、襲われてでもいるみたいでヘテロの浦木にはキツイかと思った。

浦木は微かな溜め息をつく。

「まだそんなこと考えてたんですか。じゃあ、よくバックでしてたのもいけなかったのかな。名久井さんが気持ちよさそうだから、積極的にしてたのに」

「俺が……？」

「自分で気づいてなかった？　すごい奥まできゅんきゅんさせて啼《な》くから、メチャクチャイイんだと思ってた」

「きゅ……」

言葉をなぞることもできずに、それでなくとも紅潮した名久井は耳まで赤くする。

「俺はなんでもいい、あんたが気持ちいいんなら。判ってる？　いっぱいよくしてあげたいって思うの、好きだからだって」

言葉にならずに、名久井は何度も頷いた。こんなに浦木は自分を想ってくれているのに、どうしていつもその気持ちを軽んじるような行動ばかり取ってしまっていたのだろう。

服を互いに全部脱がせ合って、再び浦木を見下ろす。スーツやネクタイや、非日常的な姿も興奮したけれど、触れる肌にはそれだけでない悦びが芽生える。

「あ……ここ、ローションとかないんだった」

「……いい、おまえので……いい」

浦木の心配をよそに、名久井は狭間に屹立《きつりつ》を宛《あて》がった。すでに自分のものと変わらぬほど反応を見せているそれは先走りを滲《にじ》ませていて、名久井は腰を前後にくねらせ、狭間にそれをなすりつける。

嵩《かさ》の張った切っ先を、ぬるぬると宛がうだけでも興奮は増した。細く息をついて入り口を綻ばせ、浦木を頬張る。

「…ひ…ぁっ……」

腰を落としていく名久井を、浦木は情欲を孕んだ眼差しで見上げてきた。

「……名久井さん、大丈夫?」

「んっ……ん、平気だ……」

張り出しのキツイ先端を咥《くわ》えてしまえば、すべて飲み込むのは難しくない。それでもしばらくはろくに動かせず、馴染むのを待つので精一杯だったけれど、少しずつ体をずらすうち、軋《きし》みそうだった粘膜はねとりと浦木に絡んで快感だけを与え始める。

「んっ……うっ、あ……」

名久井は啜り喘ぎながら腰を動かした。

「あっ、あっ……おっき…い……」

泣き言のように漏《も》らしたが、その太さや硬さもよくてならないのだと、上下する腰の動きが教えていた。

抜き出しては中へと迎え入れる。感じる場所に宛がおうと腰をくねらせ、快感のスポットの在《あ》り処《か》を浦木に知らしめる。

「……あっ、あぁっ……や、や、いい…っ……」

「可愛いな……俺の、そんなにイイ？」

締まった腹や、ベッドの上についた四肢を震わせ、名久井は泣き濡れた眼差しを向けた。

軽く下から突き上げられて細い悲鳴を上げる。

「……つな、春綱…っ……」

「なんか……一人でしてるとこ、見せてもらってる、みたいだな」

浦木の声も乱れていた。荒い息遣いを響かせ、媚態《びたい》を見せつける恋人を、愛おしげな目で仰ぐ。

「ね、聞いてもい……」

「駄目…だっ」

「まだ、なんにも言って……ないのに」

「どうせ、変な…こと、言うに決まって…る」

「そんなに変なことじゃないと思うけどな……ねぇ、名久井さんは……一人でするときも俺のこと考えてくれてた？」

たぶん予期した質問だった。ぼんやり鈍った頭でそう思いつつ、名久井は濡れた眸で睨んだ。

「知る必要ない、だろ」

「だって、知りたいから……そうだったら嬉しいし、興奮する」

「……答えが判ってること……聞く必要なんてない」

声を震わせ、口走る。喜ばせるつもりで言ったわけではないのに、自分の中で浦木の屹立がどくんと脈打ち、一層雄々しく熱を上げるのを感じた。

「は、春綱…っ」

「……満さん、ごめん、なんかきた」

「あ……」

名を呼ばれて、びくりとなる。

きゅんと締めつけをキツくしてしまい、羞恥に肌がざわめいた。

「……ぁっ、あぁっ……」

強く擦られて声が出る。待ち切れなくなったかのように、腰を突き上げられ、尻の狭間に昂ぶりを深く穿《うが》たれた名久井は、いつの間にか主導権を奪い取られていた。

散歩中にリードを突っ張らせて、ご主人を引っ張る躾《しつけ》の悪い犬みたいだ。暴走する浦木は寝そべっていた上体を起こし、名久井の腰を強引に抱き寄せた。

「春綱、まっ……待てっ…て……」

一層深く繋がれた腰を大きな手に左右から引っ掴まれ、上へ下へと揺さぶられる。集中的に狙《ねら》いすまされたのは、さっき自分が無自覚のうちに教えてしまった快楽のスポットだ。

「あっ、あっ、そこ……やめっ……」

「……ここが嫌？」

「やっ、いや、嫌だ……強くするなっ…て……」

「したら感じ過ぎて辛いから？　すごく前がひくひくしてきた……」

「い、言わな…っ……」

「ああ、どんどん濡れて……満さんの、すご……触ってあげますね」

「あっ、や…ぁっ……」

同時に触れれば自分が堪えられなくなるのを知ってるくせして、意地が悪い。浦木はベッドの上では時折強引だ。まさかそれも、自分が余計に乱れるから——恥ずかしい考えが頭を過ぎったけれど、すぐに深く考える間もなくうやむやになった。

快感に押し流される。

「んっ、ぁんっ……も、もうっ……」

「もう、なに？」

囁いて耳朶《じだ》に歯を立てられ、ぶるっと名久井は身の奥まで体を振動させた。悦楽の象徴のように昂ぶるものを手指で弄《もてあそ》ばれ、忙しない突き上げに開いた腿までびりびり痺《しび》れて切なく疼く。

「あぁっ、いくっ……はる、つなっ、いく…から、もう一緒に…っ……」

置いて行かれたくない。今は一人だけ先に達してしまうのは嫌で、しがみついて愛しい男の屹立を締めつけ、包む粘膜で追い立てる。

「……くそっ、それズルいな……」

浦木はくぐもる声を上げ、名久井の唇に噛みつくようなキスを施してきた。

抽挿は激しくなり、激しく響く息遣いはもうどちらのものか判らなくなっていく。一つに混ざり合ってでもいくみたいに、吐息も快感も、与えているのか与えられているのかも区別をなくす。

熱い抱擁を交わし合い、二人が陥落して高みを迎えたのは同時だった。

「満さ～ん、肉はミディアムレアでよかったんですよね？」

陽気な声にバスルームの名久井は眉を顰《ひそ》めた。

部屋のほうから聞こえてきた声だ。さっきから室内では食器やカトラリーの触れ合う微かな音が響いている。名久井はなにをしているかといえば、シャワーを浴びているのでも歯を磨いているのでもなく、紺色のバスローブ姿で息を潜めてバスタブに腰をかけていた。

――ミディアムでもレアでも、ウェルダンでも黒こげでもなんでもいい！

そう叫びたいのを堪えて、大理石のバスタブの縁をぐっと掴む。

願いも虚しく、浦木は二度目の声をかけてきた。

「満さんってば！」

居留守に屈しないセールスのようなしつこさだ。

三度目で名久井は根負けし、金色のノブを摑んで扉を開いた。廊下から広いセミスイートの室内の様子を窺う。ダイニングテーブルの前に、頼んだディナーのセッティングをしている制服姿の男がいた。

人見知りの子供みたいに顔を覗かせた名久井に、ルームサービスの係の男は一瞬ほんの僅かだが目を瞠らせた気がした。

被害妄想だろうか。行き届いた心地よいサービスが売りの高級ホテルのスタッフは、客が風呂上がりのゲイでも女装のニューハーフでも、キテレツな格好をしたコスプレ男だろうとにこやかに対応する。

自分と同じローブ姿の浦木を見つけ、名久井は一睨みすると硬い声を作った。

「ミディアムレアで大丈夫だ、よろしく頼む」

「だそうです、ちゃんと合ってます～」

浦木はまったく意に介した様子もなく上機嫌で男に告げ、セッティングを終えた係がワゴンを押して出て行くやいなや、名久井は猛烈に非難した。

「春綱、なんでわざわざ俺を呼ぶんだ！　俺がなに頼んだかぐらい知ってただろ。つかおまえ、わざと呼んだんじゃないのか！」

「ルームサービス来たら隠れるなんてずるいなぁと思って」

「隠れたんじゃない。髪を乾かしに行ってたんだ」

「嘘ですよ。ドライヤーの音しなかったし、とっくに渇いてたはずですもん」

さらりとした髪を掻き撫でられる。名久井の頭を抱き込んで引き寄せ、髪にキスを落とした男は、シャワーを浴びてさっぱりしてもなおベッドでの甘い余韻を引き摺《ず》っているらしく、やたらとベタベタと触れてくる。

「往生際悪い人だなぁ。赤の他人の目まで気にしてたら、これからどうするんです。俺とデートはしてくれないんですか？　カミングアウトは？」

「カミング…って」

「俺は本当にそのうち親に紹介したっていいと思ってますからね。実夏は案外喜ぶかもしれませんよ。美形の義兄さんができる〜って」

「なわけないだろ、勘弁してくれ」

どこまで本気なのか。

並外れてポジティブで、いつも陽気に尻尾を振っている犬みたいな男だから、油断ならない。

「とにかく食べましょう。腹減りましたね」

「ああ、美味《うま》そうだ」

食事には賛成だった。部屋に入るなりベッドで運動までしてしまい、今にも空腹に腹の虫が鳴りそうだ。

クロスにライナーの敷かれたテーブルで浦木と向かい合う。

ワインで軽く乾杯をし、ナイフとフォークを手に取った。ステーキメニューを注文していた。畏《かしこ》まったコースではないが、さすがホテルレストランのステーキだけあって肉質は最高だ。やはり黒こげでもいいなんてとんでもない。しっかりと味わってこその、最高の肉汁溢れる肉を頬張るうちに名久井の機嫌も上向く。

人目も気にする必要のない部屋で、心なしか肉にナイフを入れる浦木もリラックスムードだ。スーツ姿は凜々《りり》しくとも、マネキンのような硬い動きでギクシャクと食事をしていたクリスマスとは大違いだった。

「美味い！」

天真爛漫《てんしんらんまん》に声を上げる男に、自然と名久井の頬も緩む。

なんだか新鮮な気持ちだった。穏やかで、驚きというほどのことはないけれど、互いの部屋で目にするのとは違う姿に心が躍る。

どこかへ二人で出かけることの意味。名久井はぼんやりと受け止めながら、食事を進める手を動かす。

「それで名久井さんはまた禁煙をするつもりなんですか？」

赤ワインのグラスに手を伸ばしながら浦木が言った。

「ん……そうだな、せっかく一ヶ月頑張ってみたんだしな。もう一度やってみるのもいいかもな」

正直、こうして食事をしているとまた煙草が恋しい。浦木に言うと、自分より煙草を選んだとかなんとか言い出しそうだから黙っておくけれど。

「じゃあ、今度は俺も協力します」

「協力ってなんだ？　おまえの協力は的外れだからなぁ。うちに置きっ放しの付箋《ふせん》つきグラビアとAVも持って帰れよ。まったく役に立たなかった」

「酷《ひど》いな、俺だってない頭振りしぼって考えたってのに。とにかく、山で遭難した後でも煙草より『俺』を選んでもらえるように頑張りますよ」

「その前におにぎりを選ぶけどな」

「えー、なんすかそれ！」

切り分けた肉を口元に運びながら、名久井はからかい笑った。

「だってしょうがないだろ、食欲は人の三大欲求の一つなんだから」

「『俺』だって本能的欲求ですよ？」

負けじと返してくる男は、グラスの縁を唇に押しつけながら笑む。曇り一つないグラスの中の赤いワインを口に流し込み、首に浮き上がった喉仏を上下させた男に、名久井は不意打ちでも食らわされたように顔を赤らめる。

「あ、なんか違うの想像しちゃいました？　満さん、クールな顔してエッチだなぁ」

「なっ……」

名前で呼ぶほど調子を上げたとしか思えない浦木は、名久井の慌てぶりにも嬉しげに笑って言った。

「恋愛欲、きっと本能だと思うんですよね。もっと俺を欲しがってください」

あとがき

皆さま、こんにちは。はじめましての方がいらっしゃいましたら、初めまして。キャラさんでは初めての本になります。砂原《すなはら》と申します。

「シガレット×ハニー」は雑誌に書かせていただいた作品で、キャラさんで書くのは初めてだったのでえらく緊張いたしました。初めてのときは、なにを書くかいつもすごく迷います。そして、悩んだ末にツンデレ受とワンコ攻に。わりとよく書く組み合わせに『いつもどおりやないかい！』と自分ツッコミを覚えなくもなかったですけれど、蓋を開けてみればとても新鮮に書けました。名久井《なくい》はツンデレじゃないのかも。ちょっと卑屈だし、名久井のほうが先に自覚ありで惚れているという関係が珍しかったのかもしれません。

あと、この話のキーポイント（？）である煙草。きっと今だから書けた話です。その昔、私もスモーカーだったので、当時書いていたら作業中の煙草の本数が増えて大変だっただろうし、止めたばかりの頃は吸いたくなって困ったかもしれず、断ち切れた今だからこそ客観的に名久井のヘビースモーカーぶりについても考えられた気がします。

名久井の『山で遭難～』の発言は、完全なニコチン中毒だった当時の私も言っていました。止めた理由は『好きな人が非喫煙者だったから』なんてロマンチック（？）な理由ではありませんが！　煙草に振り回されるのが嫌だったのと、なにぶん自宅仕事なので際限なく増えてしまい、締切前には『この原稿が上がるならどうなってもいい！』という勢いにまで陥って身の危険を感じたからです。止めて七年くらい経つ今は、おかげさまで健康原稿生活です。

名久井は禁煙に失敗してしまったので、もうしばらく吸い続けるのかも。でも浦木《うらき》とうまくいったので減るんじゃないでしょうか。頑張れ、名久井！　いや、浦木の頑張り次第かな？

二人のビジュアルは、水名瀬雅良《みなせまさら》先生が描いてくださいました。イケメンワンコの浦木、名久井が惚れて仕方ないほどカッコイイです！　名久井も煙草を持つ手からして色っぽく美しく、雑誌のモノクロイラストでは悶えました。雑誌の表紙は咥え煙草姿だったんですけど、文庫の表紙も楽しみです。水名瀬先生、二人を素敵に描いてくださってありがとうございます！

担当様、この本に関わってくださった皆さま、ありがとうございました。

すごく楽しく書けた作品です。いつも読んでくださってる方にも、初めて手にしてくださった方にも楽しんでもらえるといいなぁと思います！　手に取っていただき、本当にありがとうございます。また次の作品でどうかお会いできますように。

読書の秋です。皆さま、充実した秋をお過ごしください〜！

２０１２年９月

砂原糖子《とうこ》。

この本を読んでのご意見、ご感想を編集部までお寄せください。
《あて先》〒105－8055 東京都港区芝大門2－2－1 徳間書店 キャラ編集部気付
「シガレット×ハニー」係

■初出一覧
シガレット×ハニー……小説Chara vol.25（2012年1月号増刊）
シガレット×ビター……書き下ろし

Chara
シガレット×ハニー……【キャラ文庫】

2012年10月31日　初刷

著者　砂原糖子
発行者　川田 修
発行所　株式会社徳間書店
〒105-8055　東京都港区芝大門2-2-1
電話048-451-5960（販売部）
03-5403-4348（編集部）
振替00140-0-44392

印刷・製本　株式会社廣済堂
カバー・口絵
デザイン　佐々木あゆみ

定価はカバーに表記してあります。

本書の一部あるいは全部を無断で複写複製することは、法律で認められた場合を除き、著作権の侵害となります。

乱丁・落丁の場合はお取り替えいたします。

© TOUKO SUNAHARA 2012
ISBN978-4-19-900687-6

キャラ文庫既刊

■英田サキ
[DEADLOCK]
[DEADHEAT] DEADLOCK2
[DEADSHOT] DEADLOCK3
[SIMPLEX DEADLOCK外伝] CUT高階 佑
[恋ひめやも] CUT小山田あみ
[ダブル・バインド] 全4巻 CUT葛西リカコ
■秋月こお
[王朝春宵ロマンセ] シリーズ全4巻 CUT唯月 一
[王朝ロマンセ外伝] シリーズ全3巻 CUT唯月 一
[要人警護] シリーズ全6巻 CUT緋色れーいち
[幸村殿、艶にて候] 全7巻 CUT九號
[スサの神謡] CUT稲荷家房之介
[超法規レンアイ戦略課] CUT有馬かつみ
[公爵様の羊飼い①] CUT円屋榎英
■洸
[黒猫はキスが好き] CUT汞りょう
[深く静かに潜れ] CUT長門サイチ
[パーフェクトな相棒] CUT亜樹良のりかず
[好みじゃない恋人] CUT小山田あみ
[ろくでなし刑事のセラピスト] CUT新藤まゆり
[オーナー指定の予約席] CUT須賀邦彦
[捜査官は恐竜と眠る] CUT有馬かつみ
[サバイバルな同棲] CUT和鐵屋匠
■いおかいつき
[交番へ行こう] CUT桜城やや
[死者の声はささやく] CUT亜樹良のりかず
[好きなんて言えない!] CUT有馬かつみ
[隣人たちの食卓] CUTみずかねりょう
■池戸裕子
[夜叉と獅子] CUT羽根田実
[お兄さんはカテキョ] CUT汞りょう
[官能小説家の純愛] CUT一ノ瀬ゆま
[小児科医の悩みごと] CUT新藤まゆり
[無法地帯の獣たち] CUT新井サチ
[管理人は手に負えない] CUT黒沢 椎
[鬼神の囁きに誘われて] CUT黒沢 椎
[人形は恋に堕ちました。] CUT新藤まゆり
■鳥城あきら
[檻《おり》] CUT今 市子
■榎田尤利
[歯科医の憂鬱] CUT高久尚子
[ギャルソンの躾け方] CUT宮本佳野
[アパルトマンの王子] CUT緋色れーいち
[理髪師の、些か変わったお気に入り] CUT二宮悦巳
■音理 雄
[先生、お味はいかが?] CUT三池ろむこ
■鹿住 槙
[独占禁止!?] CUT宮城とおこ
[ヤバイ気持ち] CUT穂波ゆきね
[遺産相続人の受難] CUT鳴海ゆき
[兄と、その親友と] CUT夏乃あゆみ
■華藤えれな
[フィルム・ノワールの恋に似て] CUT小椋ムク
[黒衣の皇子に囚われて] CUT Ciel
■可南さらさ
[左隣にいるひと] CUT木下けい子
■川原つばさ
[プラトニック・ダンス] 全6巻 CUT沖麻実也
■神奈木智
[その指だけが知っている]
[左手は彼の夢をみる その指だけが知っている2]
[くすり指は沈黙する その指だけが知っている3]
[そして指輪は告白する その指だけが知っている4]
[その指だけは眠らない その指だけが知っている5] CUT小田切ほたる
[ダイヤモンドの条件] シリーズ全3巻 CUT須賀邦彦
[無口な情熱] CUT椎名咲月
[征服者の特権] CUT明森びびか
[御所泉家の優雅なたしなみ] CUT円屋榎英
[甘い夜に呼ばれて] CUT不破慎理
[密室遊戯] CUT羽根田実
[若きチェリストの憂鬱] CUT二宮悦巳
[オーナーシェフの内緒の道楽] CUT新藤まゆり
[愛も恋も友情も。] CUT香坂あきほ
[月下の龍に誓え] CUT円屋榎英
[烈火の龍に誓え 月下の龍に誓え2]
[マル暴の恋人] CUT水名瀬雅良
[恋人がなぜか多すぎる] CUT高星麻子
[マエストロの育て方] CUT夏珂
■楠田雅紀
[史上最悪な上司] CUT山本小鉄子
■剛しいら
[雛供養] CUT須賀邦彦
[顔のない男] シリーズ全3巻 CUT北畠あけ乃
[仇なれども] CUT今 市子
[シンクロハート] CUT小山田あみ
[命いただきます!] CUT麻生 海
[狂犬] CUT有馬かつみ
[盗っ人と恋の花道] CUT葛西リカコ
[天使は罪とたわむれる] CUT宮本佳野
[ブロンズ像の恋人] CUT兼守美行
■ごとうしのぶ
[熱情] CUT高久尚子

キャラ文庫既刊

■榊 花月
【ロマンスは熱いうちに】 CUT夏乃あゆみ
【ジャーナリストは眠れない】 CUTヤマダサクラコ
【恋人になる百の方法】 CUT高久尚子
【狼の柔らかな心臓】 CUT亜樹良のりかず
【夜の華】 CUT高階 佑
【他人の彼氏】 CUT汞りょう
【恋愛私小説】 CUT小椋ムク
【地味カレ】 CUT新藤まゆり
【待ち合わせは古書店で】 CUT木下けい子
【不機嫌なモップ王子】 CUT夏乃あゆみ
【本命未満】 CUTルコ
【僕が愛した逃亡者】 CUT葛西リカコ
【天使でメイド】 CUT夏河シオリ
【見た目は野獣】 CUT和鐵屋匠
【綺麗なお兄さんは好きですか?】 CUTミナヅキアキラ
【オレの愛を舐めんなよ】 CUT夏珂

■桜木知沙子
【となりの王子様】 CUT夢花 李
【金の鎖が支配する】 CUT清瀬のどか
【プライベート・レッスン】 CUT高星麻子
【ひそやかに恋は】 CUT山田ユギ
【ふたりベッド】 CUT梅沢はな
【真夜中の学生寮で】 CUT高星麻子
【兄弟にはなれない】 CUT山本小鉄子

■佐々木禎子
【最低の恋人】 CUT蓮川 愛
【ニュースにならないキス】 CUT水名瀬雅良
【極悪紳士と踊れ】 CUT汞りょう
【ミステリ作家の献身】 CUT高久尚子
【僕の好きな漫画家】 CUT香坂あきほ
【弁護士は籠絡される】 CUT金ひかる
【執事と眠れないご主人様】 CUT榎本
【治外法権な彼氏】 CUT有馬かつみ

【アロハシャツで診察を】 CUT高久尚子
【仙川准教授の偏愛】 CUT新藤まゆり

■秀香穂里
【くちびるに銀の弾丸】シリーズ全2巻 CUT祭河ななを
【チェックインで幕はあがる】 CUT高久尚子
【虜《とりこ》】 CUT山田ユギ
【誓約のうつり香】 CUT海老原由里
【灼熱のハイシーズン】 CUT長門サイチ
【禁忌に溺れて】 CUT亜樹良のりかず
【ノンフィクションで感じたい】 CUT新藤まゆり
【艶めく指先】 CUTサクラサクヤ
【烈火の契り】 CUT彩
【他人同士】全3巻 CUT新藤まゆり
【大人同士】
【恋人同士 大人同士2】 CUT新藤まゆり
【堕ちゆく者の記録】 CUT高階 佑
【真夏の夜の御伽噺】 CUT佐々木久美子
【桜の下の欲情】 CUT汞りょう
【隣人には秘密がある】 CUT山田ユギ
【なぜ彼らは恋をしたか】 CUT梨とりこ
【闇を抱いて眠れ】 CUT小山田あみ
【恋に堕ちた翻訳家】 CUT佐々木久美子
【盤上の標的】 CUT有馬かつみ

■愁堂れな
【身勝手な狩人】 CUT蓮川 愛
【十億のプライド】 CUT汞りょう
【愛人契約】 CUT水名瀬雅良
【紅蓮の炎に焼かれて】 CUT金ひかる
【花婿をぶっとばせ】 CUT高久尚子
【伯爵は服従を強いる】 CUT羽根田実
【コードネームは花嫁】 CUT汞りょう
【怪盗は闇を駆ける】 CUT由貴海里
【屈辱の応酬】 CUTタカツキノボル

【金曜日に僕は行かない】 CUT麻生 海
【行儀のいい同居人】 CUT小山田あみ
【激情】 CUT羽根田実
【二時間だけの密室】 CUT高久尚子
【月ノ瀬探偵の華麗なる敗北】 CUT亜樹良のりかず
【法医学者と刑事の相性】
【法医学者と刑事の本音 法医学者と刑事の相性2】 CUT高階 佑
【嵐の夜、別荘で】 CUT二宮悦巳
【入院患者は眠らない】 CUT新藤まゆり
【極道の手なずけ方】 CUT和鐵屋匠
【捜査一課のから騒ぎ】
【捜査一課の色恋沙汰 捜査一課のから騒ぎ2】 CUT相葉キョウコ
【仮面執事の誘惑】 CUT香坂あきほ
【家政夫はヤクザ】 CUTみずかねりょう

■菅野 彰
【毎日晴天!】
【子供は止まらない 毎日晴天!2】
【子供の言い分 毎日晴天!3】
【いそがないで。 毎日晴天!4】
【花屋の二階で 毎日晴天!5】
【子供たちの長い夜 毎日晴天!6】
【僕らがもう大人だとしても 毎日晴天!7】
【花屋の店先で 毎日晴天!8】
【君が幸いと呼ぶ時間 毎日晴天!9】
【明日晴れても 毎日晴天!10】
【夢のころ、夢の町で。 毎日晴天!11】 CUT二宮悦巳
【高校教師、なんですが。】 CUT山田ユギ

■杉原理生
【親友の距離】 CUT穂波ゆきね
【きみと暮らせたら】 CUT高久尚子

■砂原糖子
【シガレット×ハニー】 CUT水名瀬雅良

キャラ文庫既刊

■春原いずみ
［舞台の幕が上がる前に］CUT禾田みちる
［神の右手を持つ男］CUT有馬かつみ
［銀盤を駆けぬけて］CUT須賀邦彦
［真夜中に歌うアリア］CUT沖銀ジョウ
［警視庁十三階にて］CUT宮本佳野
【警視庁十三階の罠 警視庁十三階にて2】CUT Ciel
［略奪者の弓］

■高岡ミズミ
［この男からは取り立て禁止!］CUT桜城やや
［愛を知らないろくでなし］CUT長門サイチ
［愛執の赤い月］CUT有馬かつみ
［夜を統べるジョーカー］CUT実相寺紫子
［お天道様の言うとおり］CUT山本小鉄子
［依頼人は証言する］CUT山田シロ
［人類学者は骨で愛を語る］CUT汞りょう

［僕が一度死んだ日］CUT穂波ゆきね
［闇夜のサンクチュアリ］CUT高階 佑
［鬼の接吻］CUT禾田みちる

■高遠琉加
［神様も知らない］CUT高階 佑

■谷崎 泉
［諸行無常というけれど］CUT金ひかる

■月村 奎
［そして恋がはじまる］シリーズ全2巻 CUT夢花 李
［アプローチ］CUT夏乃あゆみ

■遠野春日
［眠らぬ夜のギムレット］シリーズ全2巻 CUT沖麻実也
［ブリュワリーの麗人］CUT水名瀬雅良
［高慢な野獣は花を愛す］CUT汞りょう
［華麗なるフライト］CUT麻々原絵里依
【管制塔の貴公子 華麗なるフライト2】CUT円陣闇丸
［砂楼の花嫁］CUT円屋榎英
［玻璃の館の英国貴族］CUT穂波ゆきね
［芸術家の初恋］CUT北沢きょう
［欲情の極華］
［獅子の系譜］CUT夏河シオリ
【獅子の寵愛 獅子の系譜2】
［蜜なる異界の契約］CUT笠井あゆみ

■中原一也
［仁義なき課外授業］CUT新藤まゆり
［後にも先にも］CUT梨とりこ
［居候には逆らえない］CUT乃一ミクロ
［中華飯店に潜入せよ］CUT相葉キョウコ
［親友とその息子］CUT兼守美行
［双子の獣たち］CUT笠井あゆみ

■凪良ゆう
［恋愛前夜］CUT穂波ゆきね
［天涯行き］CUT高久尚子

■西江彩夏
［片づけられない王様］CUT麻生ミツ晃

■鳩村衣杏
［共同戦線は甘くない!］CUT桜城やや
［やんごとなき執事の条件］CUT沖銀ジョウ
［汝の隣人を恋せよ］CUT和鐵屋匠
［両手に美男］CUT乃一ミクロ
［友人と寝てはいけない］CUT小山田あみ

■樋口美沙緒
［八月七日を探して］CUT高久尚子
［他人じゃないけれど］CUT穂波ゆきね
［狗神の花嫁］CUT高星麻子

■火崎 勇
［楽天主義者とボディガード］CUT新藤まゆり
［荊の鎖］CUT麻生 海
［それでもアナタの虜］CUT司狼 亨
［そのキスの裏のウラ］CUT羽根田実
［お届けにあがりました!］CUT山田シロ
［灰色の雨に恋の降る］CUT皇ソラ
［牙を剥く男］CUT汞りょう
［満月の狼］CUT有馬かつみ
［刑事と花束］CUT夏珂
［足 枷］CUT Ciel

■菱沢九月
［小説家は懺悔する］シリーズ全3巻 CUT高久尚子
［夏休みには遅すぎる］CUT山田ユギ
［本番開始5秒前］CUT新藤まゆり
［セックスフレンド］CUT水名瀬雅良
［ケモノの季節］CUT汞りょう
［年下の彼氏］CUT穂波ゆきね
［好きで子供なわけじゃない］CUT山本小鉄子
［飼い主はなつかない］CUT高星麻子

■ふゆの仁子
［愛、さもなくば屈辱を］CUT汞りょう
［忘れられない唇］CUT新藤まゆり

■松岡なつき
［声にならないカデンツァ］CUTビリー高橋
［ブラックタイで革命を］シリーズ全2巻 CUT緋色れーいち
［センターコート］全3巻 CUT須賀邦彦
［旅行鞄をしまえる日］CUT史堂 櫂
［NOと言えなくて］CUT果桃なばこ
［WILD WIND］CUT雪舟 薫
［FLESH & BLOOD①～⑲］CUT①～⑪雪舟 薫／⑫～彩
【FLESH & BLOOD外伝 ―女王陛下の海賊たち―】CUT彩
［H・K《ホンコン》ドラグネット］全4巻 CUT乃一ミクロ

キャラ文庫既刊

■水原とほる
【青の疑惑】 CUT彩
【午前一時の純真】 CUT小山田あみ
【ただ、優しくしたいだけ】 CUT山田ユギ
【氷面鏡】 CUT真生るいす
【春の泥】 CUT宮本佳野
【金色の龍を抱け】 CUT高階 佑
【災厄を運ぶ男】 CUT葛西リカコ
【義を継ぐ者】 CUT高階 佑
【夜間診療所】 CUT新藤まゆり
【蛇喰い】 CUT和鐵屋匠
【気高き花の支配者】 CUTみずかねりょう
【二本の赤い糸】 CUT金ひかる
【The Barber－ザ・バーバー－】
【The Cop－ザ・コップ－ The Barber 2】 CUT兼守美行
【ふかい森のなかで】 CUT小山田あみ

■水無月さらら
【お気に召すまで】 CUT北畠あけの
【オトコにつまずくお年頃】 CUT兎りょう
【オレたち以外は入室不可!】 CUT梅沢はな
【九回目のレッスン】 CUT高久尚子
【裁かれる日まで】 CUTカズアキ
【主治医の采配】 CUT小山田あみ
【新進脚本家は失踪中】 CUT一ノ瀬ゆま
【美少年は32歳!?】 CUT高星麻子
【元カレと今カレと僕】 CUT水名瀬雅良
【ベイビーは男前】 CUTみずかねりょう

■水壬楓子
【桜姫】シリーズ全3巻 CUT長門サイチ
【シンプリー・レッド】 CUT兎りょう
【作曲家の飼い犬】 CUT羽根田実
【本日、ご親族の皆様には。】 CUT黒沢 椎
【森羅万象 狼の式神】
【森羅万象 水守の守】 CUT新藤まゆり

■夜光 花
【シャンパーニュの吐息】 CUT兎りょう
【君を殺した夜】 CUT小山田あみ
【七日間の囚人】 CUTあそう瑞穂
【天涯の佳人】 CUT DUO BRAND.
【不浄の回廊】
【二人暮らしのユウウツ 不浄の回廊2】 CUT小山田あみ
【眠る劣情】 CUT高階 佑
【愛を乞う】 CUT榎本
【束縛の呪文】 CUT香坂あきほ
【ミステリー作家串田寥生の考察】 CUT高階 佑

■吉原理恵子
【二重螺旋】
【愛情鎖縛 二重螺旋2】
【攣哀感情 二重螺旋3】
【相思喪曖 二重螺旋4】
【深想心理 二重螺旋5】
【業火顕乱 二重螺旋6】 CUT円陣闇丸
【間の楔】全6巻 CUT長門サイチ

■渡海奈穂
【兄弟とは名ばかりの】 CUT木下けい子
【小説家とカレ】 CUT穂波ゆきね

〈四六判ソフトカバー〉

■英田サキ
【HARD TIME DEADLOCK外伝】 CUT高階 佑

■松岡なつき
【王と夜啼鳥《ナイチンゲール》 FLESH&BLOOD外伝】 CUT彩

■吉原理恵子
【灼視線 二重螺旋外伝】 CUT円陣闇丸

〈2012年10月27日現在〉

投稿小説★大募集

『楽しい』『感動的な』『心に残る』『新しい』小説——

みなさんが本当に読みたいと思っているのは、どんな物語ですか？　みずみずしい感覚の小説をお待ちしています！

•応募きまり•

[応募資格]

商業誌に未発表のオリジナル作品であれば、制限はありません。他社でデビューしている方でもOKです。

[枚数／書式]

20字×20行で50〜100枚程度。手書きは不可です。原稿は全て縦書きにして下さい。また、800字前後の粗筋紹介をつけて下さい。

[注意]

①原稿はクリップなどで右上を綴じ、各ページに通し番号を入れて下さい。また、次の事柄を１枚目に明記して下さい。
（作品タイトル、総枚数、投稿日、ペンネーム、本名、住所、電話番号、職業・学校名、年齢、投稿・受賞歴）
②原稿は返却しませんので、必要な方はコピーをとって下さい。
③締め切りは特別に定めません。採用の方にのみ、原稿到着から３ヶ月以内に編集部から連絡させていただきます。また、有望な方には編集部からの講評をお送りします。
④選考についての電話でのお問い合わせは受け付けできませんので、ご遠慮下さい。
⑤ご記入いただいた個人情報は、当企画の目的以外での利用はいたしません。

[あて先]　〒105-8055 東京都港区芝大門2-2-1
徳間書店 Chara編集部 投稿小説係

投稿イラスト★大募集

キャラ文庫を読んで、イメージが浮かんだシーンをイラストにしてお送り下さい。キャラ文庫、『Chara』『Chara Selection』『小説Chara』などで活躍してみませんか？

•応募きまり•

[応募資格]

応募資格はいっさい問いません。マンガ家＆イラストレーターとしてデビューしている方でもOKです。

[枚数／内容]

①イラストの対象となる小説は『キャラ文庫』か『Chara、Chara Selection、小説Charaにこれまで掲載された小説』に限ります。
②カラーイラスト１点、モノクロイラスト３点の合計４点。カラーは作品全体のイメージを。モノクロは背景やキャラクターの動きの分かるシーンを選ぶこと（裏にそのシーンのページ数を明記）。
③用紙サイズはA４以内。使用画材は自由。

[注意]

①カラーイラストの裏に、次の内容を明記して下さい。
（小説タイトル、投稿日、ペンネーム、本名、住所、電話番号、職業・学校名、年齢、投稿・受賞歴、返却の要・不要）
②原稿返却希望の方は、切手を貼った返却用封筒を同封して下さい。封筒のない原稿は編集部で処分します。返却は応募から１ヶ月前後。
③締め切りは特別に定めません。採用の方にのみ、編集部から連絡させていただきます。また、有望な方には編集部から講評をお送りします。選考結果の電話でのお問い合わせはご遠慮下さい。
④ご記入いただいた個人情報は、当企画の目的以外での利用はいたしません。

[あて先]

〒105-8055 東京都港区芝大門2-2-1
徳間書店 Chara編集部 投稿イラスト係

キャラ文庫最新刊

人形は恋に堕ちました。

池戸裕子

イラスト◆新藤まゆり

依頼を受け、セックスドールを製作した草《くさ》薙《なぎ》。けれど完成した人形は、片想い相手に瓜二つ！　しかも好みの性格に成長し始め!?

シガレット×ハニー

砂原糖子

イラスト◆水名瀬雅良

片想いしている後輩の浦木《うらき》に、セフレとの情事を見られてしまった名久井《なくい》。けれど浦木は「俺にすればいい」と告げてきて…!?

蜜なる異界の契約

遠野春日

イラスト◆笠井あゆみ

ヤクザまがいの青年・泰幸《やすゆき》が出会ったのは、魔界の皇子・ベレト。「精気をくれるなら望みを叶えてやる」と契約を持ちかけられ!?

The Cop−ザ・コップ−　The Barber2

水原とほる

イラスト◆兼守美行

理容室を経営するハル。刑事の正田《しょうだ》とは友人以上だが、会いにも来ない。久々に現れたかと思えば、移り香をまとっていて…!?

11月新刊のお知らせ

英田サキ　［ダブル・バインド外伝(仮)］cut／葛西リカコ

華藤えれな［義弟の渇望］cut／サマミヤアカザ

神奈木智　［黄昏の守り人(仮)］cut／みずかねりょう

吉原理恵子［二重螺旋７(仮)］cut／円陣闇丸

お楽しみに♡

11月27日(火)発売予定